Bibliografische Information der Deutschen
Nationalbibliothek
Die Deutsche Nationalbibliothek verzeichnet
diese Publikation in der Deutschen National-
bibliografie; detaillierte bibliografische Daten
sind im Internet über http://dnb.d-nb.de
abrufbar.

Herstellung und Verlag:
BoD- Books on Demand, Norderstedt
Printed in Germany

ISBN: 978-3-748 174-78-3

Eine betrügerische Reise

Sein Tod gehört mir

Roman

Susanne Hottendorff

Eine betrügerische Reise
Sein Tod gehört mir

Nichts ist verblüffender
als die
einfache Wahrheit!

Egon Erwin Kisch
1885 - 1948

Das herrschaftliche Haus der Familie Kern lag verlassen im verwilderten Garten. Die von großen Laternen geschmückte Einfahrt hatte auch schon bessere Zeiten gesehen. Teile des Glases waren herausgefallen und waren nicht mehr erneuert worden.

Renate Kern fasste die Hand ihres Sohnes Carl-Michael noch etwas fester an. Mutter und Sohn verließen nun endlich das Haus, dass ihnen so viele Sorgen, so viele schlaflose Nächte und so viele Qualen gebracht hatten.

„Mama, ich will zu Ernst!", schrie der kleine Junge und versuchte sich von der Hand seiner Mutter loszureißen. Vergeblich. Die Mutter war stärker. Das Kind wurde ins Auto gestoßen, die Tür verschlossen. Dann stieg auch Renate in den Opel und man hörte nur noch das Geräusch der Räder im Kiesel.

„Ab jetzt wird alles besser, mein Sohn. Wir fahren in eine bessere Zeit, in ein besseres Leben!", erklärte Renate ihrem Sohn, der mittlerweile weinend auf der Rücksitzbank saß.

Ernst war der beste Freund des Jungen. Die beiden zehnjährigen Buben trennten nur wenige Monate. Seit dem Sandkasten waren sie unzertrennlich. Ernst Eltern wohnten in derselben Straße, gegenüber und ein paar Grundstücke weiter. Ernst Mutter hatte oft bei den Kerns geputzt oder sich bei großen Empfängen um das leibliche Wohl der zahlreichen Gäste gekümmert.

Renate achtete kaum auf den Verkehr, sie hatte nur noch ihren Neustart und den Wunsch auf eine bessere Zukunft im Visier. Fast wie von selbst chauffierte sie den Wagen voran. Über das Ziel ihrer Reise war sie sich selbst noch nicht im Klaren.

Auch Ernst würde die Trennung schmerzen. Wie sollte er verstehen, warum sein Freund plötzlich abgereist war? Was wusste ein Kind von Sorgen und Nöten der Erwachsenen?

Zurück aber blieb der Patron der Familie Kern. Carl-Michaels Vater, der Chef des mittelständischen Unternehmens in Hamburg. Der gute Chef – so nannten ihn die Angestellten. Im Keller einer alten Wohnung hatte Willi Kern kurz nach dem Krieg angefangen zu experimentieren. Salben, Cremes, Duftwässerchen – alles für die Schönheit! Nach und nach fand er mehr und mehr Abnehmer – die Firma stand auf soliden Beinen. Und er machte gute Umsätze. Willi zog an den Stadtrand, heiratete seine Renate und gründete eine Familie. Wenig später kam Carl-Michael auf die Welt. Das Glück war perfekt, betrachtete man es von außen. Hinter verschlossenen Türen allerdings sah alles anders aus. Willi bestimmte, Renate musste Immer öfter verbrachte er nach der Schule seine Zeit im Hause seines Freundes Ernst. Renate Kern blieb alleine zurück und ertrug, was zu ertragen war!

Bis eines Tages ihr Mann die Hand ausrutschte. Das blaue Auge und der sich langsam ausbreitende Bluterguss auf der linken Wange waren der Anfang vom Ende!

⧈

Es regnete wie fast auf allen Beerdigungen! Dicht aneinander gedrängt standen die Trauernden unter den schwarzen Regenschirmen. Es war eine kleine Trauergemeinde, gerade mal zehn Personen und der Grabredner. Das Grab ließ keinen Zweifel zu, der Regen hatte schon am Vortag eingesetzt und machte auch hier keine Ausnahme.

Auf Musik hatte man verzichtet. Vielleicht hatten die Musiker auch nur aufgrund des typischen Hamburger Schmuddelwetters abgesagt. Direkt vor der Grube stand ein, in einen etwas zu engen und leicht verschlissenen, dunklen Mantel gezwängter Herr. Den auf dem Kopf befindlichen Hut hatte er tief ins Gesicht gezogen.

„Willi Kern, wir alle haben dir sehr viel zu verdanken. Du warst stets ein treuer Ehemann, ein liebevoller Vater und ein ehrenwerter Geschäftsmann. Einige deiner treuesten Angestellten haben sich heute hier am Grab versammelt um Abschied zu nehmen. Willi Kern, ruhe sanft!"

Vier Schwarzgekleidete ließen den Sarg hinab in die Grube. Der Redner trat einige Schritte zurück und blickte auf den Mann im dunklen Mantel. Scheinbar wusste er nicht, wie er sich verhalten sollte. Schüchtern blickte er sich um, nach rechts und links. Vorsichtig, so als hätte er Angst selbst in die Grube zu fallen, machte er einen Schritt nach vorne. Den Kopf leicht gebeugt verharrte er einen kurzen Moment, vermutlich in stiller Andacht. Es folgte ein angedeutetes Nicken, dann drehte er sich um und schien froh zu sein, dass ihm nichts passiert war. Der Trauerredner drückte ihm die Hand. Damit war das Zeichen gegeben, die Beerdigung war beendet. Einige der Trauergäste näherten sich dem Herrn mit dem Hut. Sie drückten ihm die Hand und bekundeten ihm ihr Mitgefühl.

„Wann dürfen wir Sie in der Firma erwarten?", fragte einer der Anwesenden.

„Ich denke am Montag. Ja, am Montag werde ich in der Firma sein. Bitte bereiten Sie alle erforderlichen Unterlagen vor. Ich habe nicht viel Zeit!"

Danach drehte sich der Mann um und verließ mit forschem Schritt den Friedhof in Richtung Parkplatz.

Carl-Michael Kern war mit dem Taxi zur Beisetzung seines Vaters gekommen. Jetzt allerdings versuchte er noch den an der Haltestelle stehenden Bus zu bekommen, der ihn zur nächsten U-Bahn-Station bringen sollte. Von dort aus fuhr er in die Innenstadt. Um eine Firma zu übernehmen benötigte auch ein Sohn einen Erbschein. Weltmännisch hatte Carl-Michael einen Anwalt beauftragt, alle Formalitäten für ihn zu erledigen. Und genau zu diesem Anwalt war Herr Kern, der neue Chef der Kosmetik-Firma Cosmek, jetzt unterwegs.

Es war nur eine Formsache. Die Sterbeurkunde lag vor, der Ausweis des Sohnes war in Kopie mit der Post gekommen. Schnell waren die nötigen Unterschriften geleistet. Als neuer Chef von Cosmek verließ der immer noch in den verschlissenen, schwarzen Mantel gezwängte Mann die Kanzlei an der Börsenbrücke.

Sein nächstes Ziel war die Villa der Kerns. Das Taxi hielt und der Fahrer warf einen fragenden Blick auf seinen Fahrgast, so als wollte er sagen: was wollen sie denn hier?

Carl-Michael öffnete das verrostete Tor, welches knarrend hinter ihm zufiel. Wie oft war er diesen Weg gegangen? Bei jedem Schritt, den er sich dem Haus näherte, kamen ihm neue Erinnerungen. Er blieb stehen und suchte nach der alten Eiche. Hier hatten sie als Kinder immer die Früchte gesammelt um sie im Tierpark Hagenbeck abzugeben. Er lächelte. Dann besann er sich kurz und schritt forsch über die Auffahrt zur Haustür. Er läutete und eine krumme Frau öffnete die Tür.

„Sie sind?", fragte die Stimme.

„Ich bin Carl-Michael Kern. Der neue Eigentümer dieser Villa!"

„Ich habe Sie schon erwartet. Bitte treten Sie ein. Ich möchte Ihnen mein ganz persönliches Beileid aussprechen. Ihr Vater war ein so guter Mensch", erklärte die Frau.

Henriette Müller, sie war in den letzten Jahren die Haushälterin des Firmenchefs gewesen. Längst konnte

Willi nicht mehr so wie er wollte. Einsam und traurig hatte er die letzten Jahre in seiner Villa verbracht. Ohne Frau und ohne Kind. Vor über fünfzehn Jahren war Renate, seine Frau verstorben. Von seinem Sohn hatte Willi nie wieder etwas gehört. Nur zu den Feiertagen, wie Weihnachten, Ostern und zum Jahreswechsel hatte der Alte all die Jahre einen Brief erhalten, von Ernst! Der beste Freund seines Sohnes hatte an ihn gedacht!

Neugierig schritt der neue Eigentümer durch die altersschwache Villa. Hier und da blieb Carl-Michael stehen, verweilte einen Moment in Gedanken. Oft endete so eine Sinnespause mit einem Kopfschütteln. Die Haushälterin folgte dem Herrn Kern in einem angemessenen Abstand. Sie schien das Haus und all sein Inventar beschützen zu wollen – wovor auch immer! Die meisten Räume glichen mehr einem Museum als einer bewohnbaren Villa. Carl-Michael ließ sich nicht entmutigen, er wollte heute einmal durch das ganze Haus gehen, es sollte so aussehen, als würde er Abschied nehmen!

„Seit wann haben Sie für meinen Vater gearbeitet?", fragte er interessiert.

„Ihr Vater, Gott hab´ ihn selig, hat mich vor neun Jahren zu sich geholt. Seit dem Tag bin ich immer an seiner Seite gewesen. In den letzten beiden Jahren ging es ihm immer schlechter. Er konnte kaum noch sehen. In der Firma gab es einen langjährigen Mitarbeiter, der sich um die Belange kümmerte."

Während Frau Müller erklärte, blieb sie stehen und hielt die beiden Hände vor ihren Bauch, Fingerspitze auf Fingerspitze, so als können sie sich dann besser konzentrieren.

Carl-Michael hatte es bemerkt, aber es interessierte ihn nicht wirklich. Auch die Antwort der Haushälterin war ihm egal.

„Ich werde das Haus verkaufen. Ich will hier nicht leben, ich habe bereits ein Leben! Sie können Ihre persönlichen Dinge packen und dann zum Monatsende das Haus verlassen. Den Lohn werde ich Ihnen noch drei Monate weiter überweisen. In den nächsten Tagen werde ich einen Makler schicken, den Sie bitte ins Haus lassen. Name und Termin werde ich Ihnen telefonisch mitteilen", erklärte Herr Kern.

Ohne eine Antwort abzuwarten ging er Richtung Ausgang und verließ das Haus. Noch in der geöffneten Tür blieb er stehen und fügte hinzu:

„Ich denke, es ist selbstverständlich, dass Sie keinerlei Dinge entwenden und sich daran bereichern. Ich werde am Wochenende die persönlichen Dinge meiner Vaters sichten. Auf Wiedersehen."

Dann schritt er zur Pforte zurück und bestieg das Taxi, welches auf ihn gewartet hatte.

Der Weg führte zurück ins Hotel. Von dort aus wollte Carl-Michael mit einigen Maklern Kontakt aufnehmen und Termine vereinbaren. Zufrieden lehnte er sich im Taxi zurück und ließ die Stadt, die Alster und die wenigen Sonnenstrahlen des Tages, die sich durch die Wolkendecke quälten, auf sich wirken.

Carl-Michael hatte sich in einer kleinen Privatpension an der Alster einquartiert. Hier konnte er in mehr Ruhe die wenigen Tage verbringen und lief nicht Gefahr von irgendeiner Person erkannt zu werden. Carl-Michael Kern scheute ab jetzt die Öffentlichkeit in Hamburg!

Seine Gedanken kreisten um sein bisheriges Leben. Nach Hannover, wo er bisher lebte, wollte er auf keinen Fall zurück. Die Welt war so groß und versauern wollte er auf keinen Fall. Und schon gar nicht in der Provinz.

Am Abend verließ der neue Firmenchef die kleine Bleibe an der Alster. Er schlenderte gedankenversunken durch die Straßen und blieb dann vor einem kleinen und eher unscheinbaren Lokal an der Mundsburger Brücke stehen. Zwei Stufen ging es hinab, eine schummerige Beleuchtung und es roch nach abgestandenem Bier. CM, so nannten ihn Freunde, suchte sich einen freien Tisch, legte seinen Mantel ab und schaute sich neugierig um.

„Was darf ich bringen?"

Mit leerem Blick, fast erschrocken, antwortete er und bestellte sich einen Hausteller und ein Bier. Der Kellner schlurfte davon und ein kühler Luftzug lies Carl-Michael zum Eingang blicken. Eine Frau betrat das Lokal. Ihr Blick blieb auf dem Gast am Ecktisch kleben. CM erwiderte und ihre Augen trafen sich.

„Hier ist noch Platz! Setzen Sie sich zu mir."

Die Brünette zwinkerte etwas mit dem linken Auge, ob absichtlich oder nicht, war dabei nicht zu erkennen. Sie kam der Aufforderung nach und taxierte ihr Gegenüber.

„Sie habe ich hier noch nie gesehen. Sie wären mir aufgefallen!", hauchte sie über den abgegriffenen Holztisch.

Carl-Michael zeigte sich von seiner besten Seite; wenn es um Frauen ging war er ganz groß darin. Schließlich wusste man nie, wohin das führen konnte! Gemeinsam wurde gegessen, getrunken und geraucht. Als die ersten beiden Schachteln leer waren brachte der Kellner neue, es sollte den Gästen an nichts mangeln.

„Und Sie kommen aus Hannover? Was hat Sie denn nach Uhlenhorst verschlagen?", wollte Annegret Dahlmann wissen.

„Ich bin Unternehmer und habe geschäftlich in Hamburg zu tun. Meine Firma expandiert und ich bin immer auf der Suche nach neuen Herausforderungen. Übrigens weltweit, wenn Sie verstehen!", erklärt Carl-Michael erfahren und mit aufgeblähter Brust.

„Ach, Sie sind Unternehmer? In welcher Branche denn?", hakte Annegret nach.

„Mein Unternehmen ist im Gesundheitswesen tätig. Ich produziere weltweit die besten Pflegeprodukte und vermarkte diese auch auf der ganzen Welt. Ich habe Kunden in Dubai und auf den Philippinen, in Frankreich und in der Schweiz und sogar in Afrika. Überall möchte man mit meinen Produkten arbeiten. In

Hamburg habe ich zurzeit noch eine Niederlassung, die ich aber ins Ausland verlegen möchte. Ich bin mir nur noch nicht sicher, in welches Land."

Während CM weit ausholte und erklärte, man müsse ja auch an die Steuern denken und wolle schließlich nicht nur für das Finanzamt arbeiten, schaute er immer mal wieder auf seine Armbanduhr. Allerdings nicht, weil er müde war oder gar ins Hotel zurück wollte. Der Grund war die Uhr selbst. Ein Erbstück seines Vaters. Das einzige Stück, was er am Morgen vom Schreibtisch seines Vaters in der Villa eingesteckt hatte. Man sah der Uhr den Wert an. Willi hatte diese Uhr von der Belegschaft seiner Firma zum Jubiläum als Geschenk erhalten. Das wusste CM allerdings nicht – ihm war nur die Wertigkeit der Uhr ins Auge gesprungen. Annegret Dahlmann schien er damit jedoch nicht zu beeindrucken. Sie schenkte der Uhr an seinem Arm keinen Blick.

Kurz vor Mitternacht kam der Kellner an den Tisch der beiden letzten Gäste und brachte unaufgefordert die Rechnung. CM bezahlte für sich und nur für sich. Der Kellner hatte Mühe, er war schon sehr müde, die Gesamtrechnung wieder zu teilen. Vor der Tür wartete Carl-Michael auf seine Tischdame.

„Wir können ja gerne noch einmal etwas zusammen unternehmen, wenn es Ihnen recht ist?", erklärte Annegret und legte dabei ihre Hand auf den Arm von Carl-Michael.

„Vielleicht treffen wir und hier wieder? Morgen? Oder lieber an einem anderen Tag?"

CM war unentschlossen. Er wollte auf keinen Fall zu viel Nähe in Hamburg zulassen. Einzig die Abwicklung der Immobilie und die Übernahme der Firma waren für ihn wichtig. Aber gegen einen weiteren gemeinsamen Abend mit dieser jungen und, das musste er zugeben, attraktiven Frau, hatte er nichts einzuwenden. So verabredeten sich die Zwei für den kommenden Abend. Danach ging jeder seiner Wege.

„Was für ein Tag. Ich bin heilfroh, dass ich diese Beerdigung hinter mich gebracht habe. Wenn die armen Menschen, die so traurig waren, wüssten! Ich bin mir sicher, ich habe das am Friedhof hervorragend gemeistert. Na, der Anwalt oder besser gesagt, der Notar hatte wohl auch nur seinen Feierabend im Kopf. Der hat ja nicht einmal meinen Ausweis angeschaut. Das Glück ist eben auf meiner Seite – ich bin eben ein Glückskind! Hoffentlich bleibt das auch so, für die Zukunft. Ich werde auf der Hut sein – Vorsichtig ist bekanntlich die Mutter der Porzellan-kiste. Der Weg zum Haus der Kerns, ich hatte das Gefühl erst gestern dort gewesen zu sein. Dabei sind schon so viele Jahre vergangen. Viel mehr als ein viertel Jahrhundert. Und im Haus sah es aus, als wäre die Zeit stehengeblieben. Wie man so leben

kann? Wie in einem Museum. Nur alter Schrott und Müll. Da ist wirklich keine Mark mehr mit zu machen. Hoffentlich findet der Makler bald einen Käufer für den Kasten – das Geld kann ich besser gebrauchen. Und diese Alte in dem Haus. Wie konnte sich der Kern mit so einer alten Schlampe umgeben? Egal, Hauptsache ich kriege ordentlich Moos dafür. Ob das wohl eine Million bringt? Bin schon sehr auf die Einschätzung des Maklers gespannt.

Und dann habe ich eine Frau kennengelernt. Annegret Dahlmann. Nicht gerade ein Top-Modell, aber immer noch besser als Plastik. Ich werde sie auf alle Fälle wiedertreffen, wer weiß schon, wozu ich sie noch mal gebrauchen kann. Na und auf den nächsten Termin freue ich mich besonders. Die Firma! Bin schon sehr auf die Bilanzen gespannt. Hoffentlich fragt das Personal nicht so viel, aber ich bin ja der Chef, was soll da schon schief gehen."

Nebel und Regen, typisch für Hamburg. Mit öffentlichen Verkehrsmitteln war Herr Kern zur Firma seines verstorbenen Vaters gefahren. Man erwartete ihn bereits mit Spannung. Die Chefsekretärin des verstorbene Willi Kern holte ihn am Empfang ab und geleitete ihn in das Büro.

„Hier hat Ihr Vater gearbeitet, wenn er nicht im Labor war. Wir bedauern den Tod Ihres Vaters alle sehr. Ich möchte Ihnen hier noch einmal mein Beileid aussprechen", erklärte Hanna Licht und wischte sich dabei eine Träne ab.

„Kann ich die Unterlagen einsehen? Haben Sie eine Bilanz für mich erstellt, eine Zwischenbilanz? Kontoauszüge?"

Herr Kern ließ keinen Zweifel zu. Die Firma war ihm wichtig, alles andere prallte an ihm ab. Auch Hanna Licht erkannte es und deute mit dem ausgestreckten Arm auf ein Sideboard, auf dem sie alle Unterlagen für den neuen Chef zusammengestellt hatte.

„Ich schaue mich jetzt um und lassen Sie bitte alle Labormitarbeiter zu mir kommen. Wie viele Angestellte hat die Firma eigentlich?", wollte CM wissen.

„Nun, da ist Jens Hardenberg, der Fahrer und Hausmeister, die gute Seele des Betriebes. Und dann ist da Erwin Winter. Er ist für die Logistik und den Versand zuständig. Und ich. Mehr Personal gibt es zurzeit nicht. Ab und an hat Ihr Herr Vater eine Aushilfe beschäftigt, aber das ist schon lange her."

CM schaute ziemlich verwundert und konnte es kaum verbergen.

„Nun, Ihr Vater hat immer alles alleine gemacht. Er kam als erster und verließ den Betrieb als letzter. All die Jahre. Als er an diesem Donnerstag nicht in seinem Büro saß, als ich das Büro betrat, war mir klar, dass etwas passiert sein musste."

Wieder zog Hanna Licht das Taschentuch aus dem Ärmel ihrer weißen Bluse und wischte sich eine Träne aus dem Augenwinkel.

„Es gibt also keine Mitarbeiter, die das Labor betreut haben?", fragte CM verwundert nach.

Die trauernde Sekretärin schüttelte den Kopf und verließ den Raum, der ähnlich antiquiert erschien wie die Villa des Verstorbenen.

Der neue Firmenchef kam langsam auf den Boden seiner ganz persönlichen Tatsachen zurück. Wie hatte er annehmen können, es handle sich bei dem Unternehmen um Größe? Mitarbeiter? Umsätze in Millionenhöhe? Seine Hoffnungen waren gerade zerplatzt.

„Dann muss wohl Plan B her!", sagte er leise aber gerade noch laut genug, um es selbst zu glauben.

Die Ordner und Unterlagen auf dem Schrank raffte CM in eine alte und sehr abgenutzte Aktentasche, die er gefunden hatte. Ebenso verschwand darin der Inhalt des Schreibtisches, der vorsichtig ausgesprochen, sehr übersichtlich war. Nur eine letzte Tür im kleinen Schrank des verstaubten Raumes blieb ihm verschlossen.

„Frau Licht!", rief CM in seiner ganz persönlichen Art.

Die Tür öffnete sich unmittelbar und Hanna Licht erschien. Sie hielt noch immer das Taschentuch in ihrer Hand.

„Wie komme ich an diesen Inhalt? Gibt es einen Schlüssel?", fragte CM kurz und nicht gerade freundlich.

„Ich bitte um Entschuldigung. Den Schlüssel zu diesem Schrank hat der Chef an seinem Schlüsselbund.

Es befindet sich der Tresor der Firma dahinter!",
erklärte die Sekretärin mit weinerlicher Stimme.

Fast wäre der Stuhl vor dem Schreibtisch umgefallen,
so abrupt stand Carl-Michael auf. Mit forschem Schritt
und ohne auch nur noch einen Satz zu sagen, verließ er
das Büro und die Firma. Nur die alte Aktentasche
klemmte unter seinem Arm!

„Geschafft. Diese Frau Licht. Sehr fade und nicht gerade das,
was ich mir als Sekretärin wünschen würde. Zum Glück hatte
ich den Schlüssel und konnte in der Nacht ungesehen in die
Firma zurückkehren. Den Inhalt des Tresors – das ist jetzt
mein Kapital. Die Listen mit den Inhaltsstoffen, ich habe
gedacht, dass sich da die ganz großen Geheimnisse verbergen.
Aber nur Öl und ein paar Kräuter. Das man damit Geld
verdienen kann. Ich werde mir eine neue Produktionsstätte im
Ausland suchen, dann kann ich noch mehr absahnen! Wäre
doch gelacht, wenn ich das nicht hinbekomme. Und diese
Annegret kommt mir gerade recht dabei. Warum eigentlich nicht
mal eine Annegret? Und die Zeit arbeitet sowieso für mich.
Denen werde ich es schon zeigen."

Am Abend traf sich CM erneut mit der brünetten Annegret Dahlmann in der kleinen Kneipe in Alsternähe. Absichtlich kam er fast dreißig Minuten zu spät. Seine Entschuldigung kam kurz und knapp: ich habe einfach zu viel zu tun!

„Aber, Sie müssen sich doch nicht rechtfertigen! Als Geschäftsmann ist das doch klar. Ich freue mich, dass Sie es überhaupt einrichten konnten!“, erklärte Annegret.

Die beiden begrüßten sich und CM nahm am kleinen Tisch in der Ecke des Lokals Platz. Der gemeinsame Abend des Paares, so könnte es ein außenstehender Beobachter erklären, verlief kühl aber ohne Streitigkeiten. Warum der junge Unternehmer überhaupt zu diesem Treffen erschienen war, konnte sich Annegret nicht so recht erklären. Als sie aufstand um den Abend zu beenden bat CM sie um einen kurzen Moment Geduld.

„Annegret. Ich weiß, dieser Abend ist alles andere als berauschend. Sie müssen mich entschuldigen, die Beerdigung meines Vaters … Ich muss immer daran denken, wie die Träger den Sarg in dieses dunkle und tiefe Loch gleiten ließen! Es war so schrecklich.“

Während dieser deutlich inszenierten Erklärung schaute Carl-Michael auf den Tisch, nicht zuletzt damit sein Gegenüber nicht in seine Augen schauen konnte.

„Aber, ich bitte Sie! Dafür habe ich doch Verständnis. So etwas hinterlässt Spuren. Bei jedem Menschen.“

So war die angespannte Atmosphäre schneller erklärt, als es sich Herr Kern erhofft hatte. Die beiden nahmen einen gemeinsamen Whisky als letzten Drink und verabschiedeten sich dann. Der Unternehmer ging zurück in sein Hotel und war in seinen Gedanken mit den nächsten Schritten beschäftigt.

Sechs Monate später

Die Hochzeit des deutschen Unternehmers Carl-Michael Kern hatte es nur mit einem kleinen Bericht in die Spalte „Vermischtes" in der Times geschafft. Die Londoner Bürger interessierten sich nicht für ihren neuen Mitbewohner und seine Frau. In dem unscheinbaren Haus am Rande der Londoner City bewohnten die Frischvermählten nur eine kleine möblierte Wohnung. Annegret vertraute ihrem Mann, der ihr täglich erklärte, dass sich die Fertigstellung ihres neuen gemeinsamen Hauses noch verzögerte. Eigentlich hätte es ja schon vor Wochen bezugsfertig sein sollen, aber die bestellten Fliesen aus Italien wären auf der Überfahrt auf unerklärliche Weise abhandengekommen. Und CM erklärte immer wieder mit ausschweifenden Hand- und Armbewegungen, so könnten sie das Haus auf keinen Fall beziehen.

„Lass uns doch mal hinfahren. Auch wenn das Haus noch nicht fertig ist, ich bin so neugierig. Ich verstehe dich nicht, Carl-Michael. Deshalb ist doch die Überraschung nicht geringer!", versuchte sie es immer wieder mit Engelszungen.

Aber Carl-Michael blieb stur. Annegret kannte weder die Adresse noch die Pläne für ihr zukünftiges Heim. All ihre Versuche, ihren Mann doch noch dazu zu bringen, ihr das zukünftige Haus zu zeigen, verliefen im Nichts. Wenn Carl-Michael nicht wollte, dann hatte auch seine Frau keine Chance ihn umzustimmen.

„Warum müssen Frauen immer so anstrengend sein? Sie hat doch nun mehr als sie vorher hatte. Ich versorge sie mit Essen und Trinken. Sie hat ein warmes Dach über dem Kopf und was Frau sonst noch so braucht, bekommt sie auch. Besser als vielleicht früher! Warum bohrt sie immer wieder wegen des Hauses? Langsam gehen mir die Argumente aus. Ich werde mir wohl etwas Besseres einfallen lassen müssen. Die Geschichte mit Litauen hat ja geklappt. Billiger geht nicht. Wer weiß, vielleicht

fahre ich mal hin und schaue mir vor Ort an, was die da so treiben. Geld stinkt nicht – egal woher es kommt!"

Tagsüber verbrachte der Ehemann seine Zeit an seinem Computer. Er müsse sich ja um die Belange seiner Firma kümmern, erklärte er immer wieder. Schließlich würde sich das ganze Geld ja nicht von alleine verdienen.

Auf der Suche nach einer Stätte für die Produktion der Produkte seiner neuen kleinen Firma Cosmek hatte CM unzählige Telefonate geführt. In Hamburg hatte der Makler bereits kurz nach seiner Abreise einen Käufer für die Immobilie gefunden. Die Produktion wurde dort eingestellt. Sie sollte aus Kostengründen ins Ausland verlagert werden – war die kurze Erklärung, die man auch im Hamburger Abendblatt hatte lesen können. Wie CM es geschafft hatte, einen Kontakt in den Baltischen Staaten zu finden, hatte er seiner Frau nie erklärt. Sie durfte sich grundsätzlich um die Küche und um das Putzen kümmern. Geschäftliche Belange waren Männersache!

„Das geht dich gar nichts an. Ich kümmere mich um die Geschäfte, du kümmerst dich um mich!", hörte Annegret immer wieder, wenn sie sich bei ihrem Mann nach seinem Erlebten erkundigte.

Irgendwann gab sie auf. Sollte er doch machen, was er wolle. Hauptsache er sei zufrieden und gewähre ihr die freie Zeit, die sie für sich benötigte. Das Geld aus dem Verkauf der Hamburger Villa sollte nun in das neue Haus in England fließen, das hatte Carl-Michael seiner Ehefrau kurz nach der Heirat mitgeteilt. Das Geld war zwischenzeitlich auch auf seinem Privatkonto eingegangen. Die erhoffte Million war es nicht geworden, aber einem geschenkten Gaul, schaut man nicht ins Maul! Herr Kern war nicht dankbar, auch nicht zufrieden, er nahm, was er bekommen konnte.

Annegret war es Leid auf die Traumvilla zu warten und dabei in der kleinen Wohnung zu versauern. Bei ihren Einkäufen, die sie täglich erledigte, es gab keinen Kühlschrank in der kleinen Wohnung, hatte sie ein kleines Café in einer Seitenstraße entdeckt. Dort traf sie sich täglich, außer am Wochenende, mit einem Deutschen auf einen Kaffee und auf ein intensives Gespräch. Sie hatte keine Lust mehr, immer nur den Rücken ihres Frischvermählten zu sehen, der sich krumm vor der Tastatur seines Computers räkelte. Genaugenommen war es CM egal, was seine Frau trieb während sie nicht bei ihm war.

Wen wunderte es da, dass diese Ehe nicht von Erfolg gekrönt war. Annegret war enttäuscht auf alles was sie in London erfahren und erlebt hatte. Immer häufiger ging auch Carl-Michael in der Nacht aus dem Haus. Klar, er blieb seiner Ehefrau die Erklärung für seine nächtlichen Ausflüge schuldig. Kam er in die eheliche

Wohnung zurück umgab ihn ein Duft aus Nikotin und Parfüm. Der Duft wechselte, was auf den Besuch eines entsprechenden Etablissements schließen ließ.

Eines Nachts, Annegret hatte wach im Bett gelegen, nahm sie sich vor, diesen Zustand zu beenden. So dürfte es nicht weitergehen. Sie setzte sich auf und wartete auf CM. Als der pfeifend gegen fünf Uhr am Morgen die Wohnung betrat schaute er in das Gesicht seiner Frau, die aufrecht im Bett saß.

„Hattest du schöne Stunden?", fragte sie schnippisch.

„Was geht dich das an? Ich frage dich auch nicht, was du so machst, wenn du dich in der Stadt rumtreibst. Also, halt die Klappe und lass mich in Ruhe."

„Ab sofort lasse ich dich für immer und für alle Zeiten in Ruhe! Ich werde dich verlassen und nach Deutschland zurückkehren. Du und England, das sind die größten Fehler meines Lebens!"

Sie fasste auf das kleine Tischchen, das neben dem Bett stand und griff, was sie gerade erreichte. Es war einer der Aschenbecher, die CM überall in der kleinen Wohnung verteilt hatte. Der Ascher traf Carl-Michael am Kopf. Blut spritze und es gab einen unheimlichen Knall, als das Teil auf den Boden schlug. Er blieb unversehrt, zumindest der Aschenbecher. CM hielt sich ein Taschentuch gegen seinen Kopf um das Blut aufzufangen. Am Rande seiner Glatze klaffte eine Wunde, die ihn auch Jahre später noch an diese Nacht erinnern würde.

Am Morgen packte Annegret ihre wenigen Habseligkeiten und verließ London mit dem Zug in Richtung
Heimat.

Sie veranlasste die Scheidung, die im gegenseitigen
Einverständnis erfolgte. Die beiden Eheleute sahen
sich nie wieder.

*„Geschafft. Die Alte ist fort. Der Ascher hätte nicht sein
müssen. Diese alte Planschkuh! Aber ich bin sie los. Um die
Scheidung kümmert sich der Anwalt, Geld bekommt sie nicht.
Gut das ich einen Ehevertrag gemacht habe. Ich werde jetzt mal
versuchen ins Ausland zu gehen. Sicher ist sicher. Aber vorher
muss ich mich noch um die Firma kümmern. Ich muss schließlich
auch leben."*

Die möblierte Wohnung in London wurde unterver-
mietet, da CM nicht aus dem Mietvertrag herauskam.
Carl-Michael Kern hatte Glück. Denn der neue Mieter
des Appartements war knapp bei Kasse. Selbstverständlich war er daher einverstanden, dass an der
Hauswand ein kleines Namensschild auch in Zukunft
den Namen der Firma Cosmek tragen würde.

„Dieses wird also ab sofort der Firmensitz meiner zukunftsorientierten Firma sein. Und du, mein Lieber, hast mir dazu verholfen", erklärte er seinem Untermieter."

Für Geld würde der alles tun! Und ab und an mal in einen Briefkasten zu schauen und Post weiterzuleiten, das war eine seine leichtesten Aufgaben, die er je hatte erledigen müssen.

Das Geld für diese Frondienste wollte Carl-Michael seinem neuen Partner auf sein Konto überweisen.

„Schau, so kann ich das Geld noch von der Steuer absetzen. Und ich verspreche dir, wenn ich wieder zu Hause bin, schicke ich dir ein Päckchen mit Produkten aus meiner Linie für Männer! Du wirst begeistert sein."

So trennten sich die beiden Männer und es sollte daraus eine langjährige Geschäftsverbindung werden.

Nach London kehrte Carl-Michael Kern vorerst nicht wieder zurück. Die Erinnerungen an Annegret lösten immer noch Übelkeit bei ihm aus. So etwas sollte ihm nie wieder passieren! Nie wieder!

Herr Kern nahm seinen altersschwachen Koffer mit seinen wenigen Habseligkeiten aus seiner Wohnung. Er musste sich dringend um seine Firma kümmern. Immer wieder hatten ihn Mails von Kunden erreicht, die ihn dringend sprechen wollten. Es tauchten Fragen auf, die unter anderem auch die Bestellungen betrafen. Andere hatten Anwendungsfragen zu den Produkten. Sein verstorbener Vater pflegte all die Jahre eine sehr intensive Kundenbetreuung. Nur so konnte der kleine Betrieb existieren; denn gerade der Kosmetikmarkt ist hart umkämpft. Zahlreiche Firmen buhlen um Kunden und nur wer präsent ist und sich kümmert, der kann nachhaltig erfolgreich sein. Carl-Michael wusste das auch. Mit immer neuen Ausreden hatte er die alten Kunden vertröstet. Einmal war es der Tod des geliebten Vaters, dann war es die Forschung zu einem neuen Produkt. Nun aber ließ sich der Besuch einer seiner besten Kunden in Niedersachsen nicht mehr hinausschieben. So buchte er London – Osnabrück. Ohne genau zu wissen, was ihn dort erwarten würde, hörte er entspannt den monotonen Geräuschen in der Bahn zu.

„Das ist mein erster Auftritt in Sachen Cosmek. Ein Test sozusagen. Dieser Martin soll ein ganz netter sein, Fachmann ich glaube er ist Meister! Wie das klingt. Der schneidet doch auch nur mit der Schwere. Diese Bahnfahrt ist lästig – dauert ja ewig. Ich muss unbedingt ein Auto kaufen. Etwas, was nach was aussieht. Ferrari, Rover oder einen Mercedes. Aber in Deutsch-

land? Besser im Ausland. Ich will ja nicht mehr ausgeben, als nötig. Diese blöden Hotelkosten nerven mich eh schon!"

Am späten Nachmittag erreichte Carl-Michael endlich sein Ziel. Osnabrück kannte er nur vom Hörensagen. Er war hier nie zuvor gewesen. Seinen altersschwachen Koffer schloss er am Bahnhof in ein Schließfach ein. Danach fuhr er wie ein Mann von Welt mit dem Taxi in die Innenstadt. Dort sollte sich nach seiner Recherche im Internet der Friseursalon seines besten Kunden befinden. CM befragte noch einige Passanten, dann endlich stand er vor dem Salon.

Der Chef der Cosmek betrat den modern eingerichteten Salon. Einige Kunden saßen unter dem Trockner, einem jungen Mann wurden die Haare geschnitten. Eine junge Angestellte näherte sich CM und der so typische Geruch nach Färbemittel und Haarspray kroch in seine Nase.

„Guten Abend. Was kann ich für Sie tun?"

„Ich wüsste da so einiges, …", erklärte Herr Kern.

Sein fieses Grinsen passte so gar nicht in diesen Salon. Die junge Friseurin wich einen Schritt zurück, sie konnte mit diesem machohaften Gehabe so gar nichts anfangen.

„Ich verstehe nicht! Haben Sie einen Termin?", hakte sie nach.

„Ja. Ich bin mit dem Chef verabredet. Mein Name ist Kern."

Glücklicherweise hatte er seine Form wiedergefunden. Es dauerte einen Moment, dann stand Martin Richard vor ihm.

„Hallo, Sie sind Herr Kern? Endlich lernen wir uns persönlich kennen. Darf ich Sie bitten, wir sollten in den hinteren Teil des Salons gehen. Dort können wir dann ungestört sprechen. Darf ich Ihnen etwas anbieten? Einen Kaffee vielleicht?", fragte der Friseurmeister seinen Gast und führte ihn in den Aufenthaltsraum im nicht einsehbaren Teil des Salons und ohne auf die Antwort zu warten:

„Ich hoffe, Sie hatten eine angenehme Reise. Woher kommen Sie denn jetzt gerade?", erkundigte sich Martin Richard bei seinem Gast.

„Aus London. Geschäfte. Ich habe zurzeit so viel zu bereisen. Ich muss alle geschäftlichen Kontakte aufsuchen, Gespräche führen, mich vorstellen, Akquise betreiben. Es ist kaum zu schaffen."

Während CM sprach wedelte er mit den Händen in der Luft umher, so als sei er zuständig für eine ausreichende Belüftung des Raumes.

„Darf ich Ihnen etwas anbieten? Kaffee – Tee – Wasser?", wollte der Friseurmeister wissen.

„Ein Bier wäre nicht schlecht!", konterte CM zu schnell.

Es tat ihm sofort leid, aber es war gesagt.

„Ein bisschen zu früh für mich, ich bleibe da lieber bei einem Kaffee. Aber ich schickte eine Angestellte, ich habe kein Bier im Salon", erwiderte Herr Richard.

„Nein, lassen Sie. Das ist nicht nötig. Ich trinke gerne einen Kaffee. Ich war in der letzten Woche noch in den Staaten, daher ist mein Zeitgefühl etwas durcheinander geraten. Es ist ja auch noch hell draußen", versuchte CM locker zu erklären und seine Hände gingen schon wieder rudernd durch die Luft.

„Lassen Sie uns doch zum geschäftlichen Teil kommen. Was kann ich tun für Sie? Brauchen Sie Produkte? Kann ich Ihnen mit Infos weiterhelfen?"

Ein Versuch, das Thema schnell auf die Firma zu lenken, war sicherlich nicht schlecht. So konnte Herr Kern zeigen, dass seine Zeit wirklich knapp war.

Die beiden Männer beschäftigten sich mit den unterschiedlichen Produkten. CM war dabei sehr geschickt. Immer wieder hinterfragte er die Wirkungen der Produkte, dabei tat er so, als wolle er die Erfahrungen seines Gegenüber kennenlernen. In Wirklichkeit erhielt er auf diese Weise Wissen über die einzelnen Cosmek-Produkte.

„Ich würde mich freuen, wenn ich einmal bei einer Behandlung anwesend sein könnte. Ich könnte so gleich überprüfen, ob Sie einwandfrei mit meinen Produkten arbeiten. Nur wenn Sie einverstanden sind natürlich Herr Richard. Auch eine Bitte hätte ich noch. Es ist ja schon sehr spät. Könnten Sie mir ein einfaches

Hotel empfehlen? Hier in der Nähe. Ich lege keinen Wert auf Luxus. Das kann auch gerne ein Pension sein, also privat."

Martin Richard überlegte einen Moment und erklärte seinem Geschäftspartner dann:

„Ich habe ein Gästezimmer. Wenn Sie einverstanden sind, Sie können es gerne nutzen. Ich sage schnell meiner Frau Bescheid, sie kann das Bett neu beziehen."

„Super Idee. Das erspart mir Kosten und Zeit!", kam aus dem Munde des Herrn Kern.

Wieder eine Äußerung, die ihm im selben Moment schon Leid tat.

„Ich muss an mir arbeiten. Diese spontanen Antworten bringen mich ganz schön in Schwierigkeiten. Immerhin vertrete ich eine Firma. Meine Firma. Die Cosmek! Wie das klingt. Na gut, jetzt habe ich hier ein Zimmer mit eigenem Bad. Besser hätte es nicht kommen können. Klein, aber ich habe ein Zimmer, das mich nichts kostet. Wenn ich mich etwas mehr auf den Martin einlasse, kann ich noch eine ganze Menge lernen. Was mache ich, wenn der größere Mengen bestellen will? Mein Lager schrumpft. Ich muss unbedingt nach Litauen. Die Burschen brauchen Feuer unterm Hintern."

Den nächsten Vormittag verbrachten CM Kern und Martin Richard gemeinsam im Salon in Osnabrück. Aufmerksam verfolgte der Geschäftsmann den Friseur und machte, wenn immer es ihm möglich war, eine schlaue Anmerkung. Schließlich sollte es doch keiner bemerken, dass er eigentlich gar keine Ahnung hatte.

Gegen Mittag waren die beiden Männer bereits beim Du angekommen. Das vereinfachte die Möglichkeit auch in Zukunft ein sehr kostengünstiges Zimmer in Osnabrück zu bekommen! CM beschloss daran zu arbeiten. Den Vorschlag des Friseurs, am Abend zu einem Treffen mit anderen Geschäftsleuten aus Osnabrück teilzunehmen, kam ihm sehr entgegen.

Den Nachmittag hatte CM sich freigenommen. Er wollte die Stadt erkunden und sich nach Frauen umsehen. Besser man hatte etwas in der Hinterhand, sollte es mit Martin und dem Zimmer nicht auf Dauer klappen. Ganz in seine Gedanken vertieft achtete er überhaupt nicht auf die Straße und auf den Verkehr. Hinzu kam, dass er in England und dem Linksverkehr eben immer zuerst nach rechts schaute, bevor er eine Straße überquerte. So kam was kommen musste. Kaum hatte CM den zweiten Fuß auf die Fahrbahn gesetzt erfasste ihn ein Auto. Reifen quietschten, seine Tasche flog im weiten Bogen durch die Luft und CM selbst knallte mit dem Oberkörper auf das Fahrzeug. Der Fahrer war total erschrocken. Er sprang aus dem Fahrzeug und bückte sich zu dem auf dem Boden liegenden Mann herunter.

„Hallo! Wie geht es Ihnen? Können Sie mich hören?",
fragte der Fahrer und hielt CM dabei an der Schulter
fest.

„Ja. Es ist nichts passiert. Glaube ich."

Langsam half man CM hoch, ein weiterer Fußgänger
war hinzugekommen. Er hatte den Unfall beobachtet
und war sofort zu Hilfe gekommen. Herr Kern stand
nun wieder. Sein Mantel war schmutzig, die Tasche war
etwas ramponiert. Aber nachdem er alle Arme und
Beine geschüttelt hatte stellte er fest:

„Mir ist nichts passiert. Alles ist in Ordnung."

Der Fahrer des PKWs erklärte, er wolle CM besser in
ein Krankenhaus fahren, zur Untersuchung. Es
könnten innere Verletzungen bestehen, sicher wäre
sicher.

„Ich brauche kein Krankenhaus. Ich brauche jetzt ein
Bier!", erklärte Herr Kern und schaute dabei auf den
Mann an seiner Seite.

„Einverstanden. Steigen Sie ein, in meinen Wagen. Wir
fahren ein Stück, ich weiß wo wir einen Kaffee und
auch ein Bier bekommen!"

Der Fahrer des Audis hieß Dieter Schild. Er war auch
nur zufällig geschäftlich in Osnabrück. Ein Zusammen-
spiel der besonderen Art, wie sich später herausstellen
sollte.

Der Wagen fuhr langsam und bedächtig durch die Stadt
und hielt vor einem Restaurant. Nichts Großes,
normale deutsche Küche, aber sehr ansprechend und
auch um diese Zeit relativ gut besucht.

„Da habe ich wohl noch mal Glück gehabt. Unglück schläft nie. Ich muss hier weg. Osnabrück ist nicht mein Pflaster. Ich brauche Frischfleisch. Neue Ideen. Und Geld! Viel Geld. Dieser Audi-Fahrer, nicht so ganz meine Klasse. Zu bieder - Osnabrück! Schrecklich."

Im Lokal angekommen lud Dieter Schild seinen Unglückraben zu einem Essen, mehreren Gläsern Bier und auch einigen Schnäpsen ein. Die Stimmung war locker und gelöst. Der auf dem Tisch stehende Aschenbecher musste schon mehrere Male von der Bedienung geleert werden. Dieter Schild nahm das als Aufhänger. Was CM nicht wusste, auch Dieter war auf der Suche nach neuen Kontakten.

„Rauchen Sie immer so viel? Denken Sie dabei gar nicht an Ihre Gesundheit?", fragte er gekonnt sein Gegenüber.

„Ach, ich habe eine gute Konstitution. Wenn mich nicht gerade ein Autofahrer zu Brei fährt, werde ich einhundert Jahre alt", erklärte er mit einem schmutzigen lauten Lachen.

Dabei öffnete er für einen kurzen Moment unbedacht seinen Mund ein Stückchen zu weit. Seine braunen, schlechten Zähne kamen unaufhaltsam zum Vorschein. Dieter wich unbeabsichtigt ein Stückchen zurück. Er schüttelte sich und stand vom Tisch auf. Während er seine Hose hochzog erklärte er kurz, er müsse mal auf die Toilette und entschuldigte sich bei CM dafür. Der hob nur die Hand und winkte ab.

„Was für ein fader Typ. Was will der von mir. Ich rauche so viel wie ich will. Schnacker. Was der wohl beruflich macht? Bestimmt Steuerberater oder Finanzamt. Ein richtiger Krümelkacker. Warum muss ich gerade dem vors Auto laufen? Hätte doch auch ein reicher Geschäftsmann sein können!"

Dieter Schild hatte sich nur die Hände gewaschen. Er brauchte den Gang auf die Toilette eigentlich nur, um sich wieder zu fangen. Einen Mann mit so schlechten Zähnen hatte er noch nie gesehen. Und das Benehmen war auch nicht gerade so, wie er es sich vorstellte.

„So, jetzt können wir in unserem Gespräch fortfahren. Herr Kern, was machen Sie beruflich?"

„Mir gehört eine große Firma, die kosmetische Produkte herstellt und weltweit vertreibt. Europa, Asien, Afrika. Australien noch nicht, aber ich expandiere ständig. Ich stelle hochwertige Produkte her, die es nur bei mir gibt. Keine andere Firma kann mir das Wasser reichen. Wissen Sie, Herr Schild, man hat es nicht einfach als erfolgreicher Geschäftsmann. Oft habe ich Angst um mein Leben, aber nicht weil ich rauche!", erklärte CM und hob dabei seinen Kopf hoch, als würde er die Decke des Lokals mit seiner Nase reinigen wollen!

„Das ist ja sehr interessant. Ich habe einen Damen- und Herrensalon in einer kleinen Stadt im Kreis Trier. Ich habe mich spezialisiert, meine Frau und meine Tochter arbeiten auch in unserem Salon. Aber, mein Herz schlägt für ein ganz anderes Produkt. Ich arbeite mit einem Nahrungsergänzungsmittel – dem besten was es auf dem Markt gibt. Haben Sie schon mal von „Nagesu" gehört? Gesundheit in Kapseln!", nun kam Dieter auf Hochtouren.

CM war verwundert. Wie konnte sein Gegenüber so umschalten? Von Null auf Hundert. Bemerkenswert.

„Nein. Ich habe noch nie davon gehört. Was hat es damit auf sich?", fragte CM interessiert.

Darauf hatte Dieter gewartet. Jetzt war er nicht mehr zu bremsen. Er begann die Vorteile dieser Kapseln zu beschreiben. Herr Kern hörte zu, nicht weil er glaubte, diese Kapseln wären etwas für ihn. Er sah die Dollar-note in den Augen seines Gegenübers. Und genau das war für ihn spannend. Wenn man mit diesen Kapseln Geld verdienen konnte, besser gesagt, wenn dieser fade Mann mit seinem alten Audi damit Geld verdienen konnte, dann wollte er das auch versuchen!

„Ich muss leider, wirklich leider, dieses Gespräch beenden. Ich habe heute noch einen wichtigen Geschäftstermin. Mein Partner erwartet mich schon. Ich möchte aber auf jeden Fall mehr darüber wissen. Können wir uns treffen?", wollte Herr Kern wissen.

Die beiden Männer tauschten ihre Telefonnummern aus und verabredeten sich locker, das Gespräch an einem anderen Ort und zu einem späteren Termin unbedingt fortzuführen.

Den Abend verbrachten Herr Kern und Martin Richard gemeinsam. In einer Kneipe in Osnabrück hielten die Friseure der Innung eine Art Info-Versammlung in einem Nebenraum ab. Gäste waren hier immer willkommen. Carl-Michael stellte schnell fest, er fühlte sich hier nicht wirklich wohl. Aber nun musste er Wohl oder Übel den Abend durchstehen. Leider gab es hier auch keine attraktiven Frauen, denen er sich hätte widmen können. Und der Austausch über

Färbemittel und Lieferschwierigkeiten der Firma Soundso, das traf nicht wirklich sein Interesse. So war er mehr als dankbar, als ihn Martin fragte, ob sie sich an dieser Stelle, es wurde gerade eine kleine Toiletten-Pause abgehalten, aus der Gruppe verabschieden wollten. Gerne stimmte CM zu.

❖

„Schon erstaunlich, wie so viele Menschen für einen so langen Zeitraum so viel Müll reden können. Ich dachte, ich schaffe das nicht. Nicht eine Braut, die aufregend war. Nicht mal was zum Ansehen! Na ja, der Abend ist gelaufen. Ich muss hier weg. Vielleicht sollte ich einen dringenden Geschäftstermin in der Schweiz erwähnen. Das klingt doch immer gut. Dann kann ich mich endlich aus Osnabrück entfernen. Mal überlegen wohin die Reise gehen könnte? Vorher muss ich aber noch diesen Dieter Schild treffen. Vielleicht sollte ich nach Trier fahren! Eigentlich keine schlechte Idee. Also, ab nach Trier!"

❖

Ein Vorwand, Osnabrück wieder zu verlassen, war schnell gefunden. Martin Richard war nicht verwundert, eher erfreut. Konnte er sich doch endlich wieder seiner wirklichen Aufgabe, seinen Kunden, widmen. Freunde würden sie beide sicherlich nicht werden. Er wollte nur die Produkte der Firma Cosmek, nicht mehr und nicht weniger. Warum musste dieser CM auch immer so ordinäre Bemerkungen machen? Scheinbar hatte er nur ein Thema: Frauen! Und er berichtete unablässig von irgendwelchen Geschichten aus dem zweiten Weltkrieg. Ganz nebenbei hatte er einen absoluten Hass auf die Juden. Sie hätten das ganze Kapital, ohne sie ginge auf der ganzen Welt gar nichts. Er konnte den ganzen Abend darüber reden, total nervig und die Phantasie ging dann mit ihm durch. Was wohl die Teilnehmer der Friseurinnung gedacht hatten, als CM das Thema auf der Versammlung anbrachte.

Der Zug von Osnabrück nach Trier fuhr gleichmäßig ratternd über die Schienen. Herr Kern nickte ein und bemerkte nicht, dass sich neben ihn eine nicht unattraktive Frau setzte. Er begann leicht zu schnarchen und etwas Speichel lief ihm die Mundwinkel hinab. Ein Anblick, der jede Frau erschaudern ließ. Der Kopf war seitlich auf die Schulter gerutscht, das verstärkte die Lautstärke des Schnarchens. Die Frau stand auf und verließ das Abteil. Wen wundert es? Carl-Michael bemerkte davon nichts. Er war in seinen Träumen ganz woanders.

Der Zug fuhr pünktlich in den Trierer Bahnhof ein. Den kleinen, alten Koffer in der Hand schlurfte Herr Kern über den Bahnsteig in Richtung Ausgang. Er wollte sich nach einer Unterkunft umschauen, die nicht zu teuer war. Geld war das einzige, was Herr Kern eben nicht ausreichend hatte.

In Bahnhofsnähe entdeckte er ein Schild, das ihn zu einer Absteige brachte; sicherlich auch stundenweise zu buchen! Aber auch das war ihm egal, er wollte hier ja nur schlafen und keine Gäste empfangen.

Aus einer nahegelegenen Telefonzelle rief er später Dieter Schild an. Der war mehr als hocherfreut, seinen neuen Geschäftskontakt so schnell wieder zu sehen. Er witterte einen neuen Vertriebspartner für seine Gesundheitskapseln. Sie verabredeten sich für den späten Nachmittag im Salon des Herrn Schild. So blieb Carl-Michael genügend Zeit, sich in der Stadt ein wenig umzusehen. Er war halt immer auf der Suche nach weiblichen Kontakten.

„Hoffentlich wird diese Reise ein Erfolg. Ich brauche dringend Geld. Wenn ich gewusst hätte, dass mein alter Herr so wenig Geld mit diesen blöden Kosmetikprodukten gemacht hat, vielleicht hätte ich die Firma verkaufen sollen. Na ja, jetzt schauen wir mal, wie ich ein paar Blöden das Geld aus der

Tasche ziehen kann. Wäre gut, wenn die dann auch noch weiblich wären …!

Den Salon fand Herr Kern schnell. Dieter Schild hatte einen Namen, man kannte ihn. Nicht nur, weil der Salon groß, modern und freundlich war. Vor allem waren die Angestellten des Salons kompetent. Von einer naheliegenden Seitenstraße winkte Herr Kern sich eine Taxe. Der Fahrer war nicht wirklich begeistert, als er das Ziel seiner Fahrt hörte.

„Guter Mann, das sind keine fünfhundert Meter! Können Sie nicht einfach zu Fuß gehen?", wetterte der Taxifahrer.

„Wollen Sie mich nicht fahren? Ich gebe Ihnen auch mehr Geld! Ich muss unbedingt mit der Taxe vorfahren. Wie sieht das aus, ein Geschäftsmann, der zu Fuß kommt! Nun fahren Sie schon!", erwiderte CM.

Ruckartig schoss das Taxi los, sodass Carl-Michael mit dem Kopf an die Kopfstütze prallte.

„Scheiße", fluchte er und schmiss sich in den Sitz zurück.

Fluchend verließ Herr Kern die Taxe und rundete den Fahrpreis großzügig auf den Zehner auf.

Das also war der Salon des Dieter Schild! Große Fensterflächen ließen den Fußgänger schon erahnen, hier wurde viel für die Schönheit getan. Zahlreiche Stühle waren belegt, große Strahler und Hauben lieferten die typischen Geräusche auf die Straße. Und der Duft nach Haarspray und Shampoo lockte nicht zuletzt auch immer wieder zufällige Passanten an.

Herr Kern war angenehm überrascht, denn so groß hatte er sich das Geschäft nicht vorgestellt. Er betrat den Friseursalon und setzte sein geschäftsmäßiges Lächeln auf. Eine junge und sehr charmante Frau kam auf ihn zu.

„Wie können wir Ihnen helfen?", wollte sie wissen und strahlte dabei als hätte sie im Lotto gewonnen.

„Ich möchte zu Herr Schild. Ich bin verabredet. Wobei, ich würde den Tag viel lieber mit Ihnen verbringen. Wann haben Sie Feierabend?", säuselte Herr Kern hemmungslos.

Die Angestellte schaute verwundert, sie konnte überhaupt nicht verstehen, was der Mann von ihr wollte. Er hätte ihr Großvater sein können!

„Einen Moment, ich hole den Chef!", erklärte sie kurz, drehte sich um und verschwand im hinteren Teil des Salons.

Es dauerte eine ganze Weile, bis sich Dieter Schild zeigte. Die junge Frau blieb verschwunden. Er kam mit einem Strahlen im Gesicht auf Herr Kern zu und streckte seine Hand zur Begrüßung aus.

„Wie schön, dass es so schnell ging! Ich freue mich sehr, Sie in meinem Reich begrüßen zu dürfen. Wollen wir in die Privaträume gehen? Da haben wir eindeutig mehr Ruhe!"

Die beiden Männer verließen den großen Raum und verschwanden hinter einer Glastür.

„Darf ich Ihnen etwas anbieten, Wasser, Tee, Kaffee?", wollte Herr Schild wissen.

Ohne auch nur einen Moment nachzudenken, platze es wieder aus CM heraus:

„Ein Bier wäre nicht schlecht!"

Im gleichen Moment sah er in die Augen seines Gegenübers und erkannte, dass diese Äußerung absolut deplatziert war. Er schlug mit der Hand auf den Tisch, dass dieser fast umgefallen wäre, und lachte laut los.

„Das war ein Scherz. Ich nehme sehr gerne einen Kaffee mit Milch und Zucker."

Wortlos ging der Chef des Hauses hinaus um sich um das Wohl seines Gastes zu kümmern. Das Kopfschütteln konnte CM noch sehen, als er ihm nachsah.

„Wo ist denn diese Schönheit geblieben, die mich eben empfangen hat? Mit der würde ich gerne den Abend verbringen", wollte er von Herrn Schild wissen, als er ihm den Kaffee auf den Tisch stellte.

„Das ist Lena gewesen."

Es entstand ein Pause, die von Dieter gewollt war. Er blickte auf CM und zog dabei seine rechte Augenbraue hoch. Dann sagte er, leise und bestimmt:

„Lena ist meine Tochter!"

Nicht mehr, aber auch nicht weniger. CM wusste, damit war alles gesagt!

„Kommen wir zum Geschäft. Ich vertreibe, wie ich ja schon erwähnt habe, kosmetische Produkte der

Superlative. Die Kunden werden begeistert sein. Ich biete Ihnen 25 % Rabatt als Partner an. Bestellungen können Sie gerne online vornehmen. Ich würde Ihnen gerne vorführen, wie Sie mit meinen Cosmek-Produkten arbeiten können. Geben Sie mir eine Kundin, die Problemhaare hat. Ich werde das Problem lösen!", erklärte Herr Kern.

Während er sprach lief sein Kopf leicht rot an und er wedelte mit seinen Armen umher, als wolle er alle Insekten des Planeten vertreiben. Dieter Schild blickte skeptisch auf ihn. Er wollte doch nicht seine Produkte kaufen, sondern er wollte, dass CM seine Kapseln an den Mann und an die Frau bringen sollte.

Was jetzt folgte, war ein endloses Gespräch über Vitamine, über Ernährung, über Schadstoffe im Obst und über diese ach so tollen Kapseln!

Nach zwei Stunden, der Salon hatte schon Feierabend und Herrn Kern knurrte der Magen viel zu laut, unterschrieb er den Partnerantrag. Beide schüttelten sich die Hände und wünschten sich erfolgreiche Geschäfte. Selbstverständlich würden nun auch im Salon Schild Kundinnen mit Produkten der Firma Cosmek verschönt werden. Eine Hand wäscht die andere!

„Ich dachte, der will überhaupt nicht mehr. Wenn der redet, schläft man ein. Ich bin überrascht, wie man mit dieser Art so viele Menschen überzeugen kann. Aber o.k. Wenn man damit Geld verdienen kann. Ich werde schon Leute finden, denen ich das Produkt schmackhaft machen kann. Und wenn die dann auch noch meine Kosmetik kaufen, kann es nur besser werden. Schade, dass die Schönheit seine Tochter war! Die hätte ich gut als Schlafunterlage nutzen können. Dann werde ich mich wohl anderweitig umsehen müssen!"

Der Magen machte erneut auf sich aufmerksam, es musste bald etwas Essbares her. Herr Kern machte sich zu Fuß auf in Richtung Bahnhof. Irgendwo auf dem Weg zu seiner Absteige würde er schon etwas finden, was seinem Geldbeutel entsprach. Lautes Gelächter machte ihn neugierig. Es drang aus einer Kneipe, die im Keller eines alten Hauses lag. Ohne zu überlegen drehte er sich auf dem Absatz um und wollte dort seinen Hunger stillen. Er betrat die Kneipe. Ein schwerer weinroter Vorhang hing hinter der Tür. Er sollte sicherlich die Kälte im Winter abhalten. Im Inneren der Kneipe standen einige Tische, die größtenteils besetzt waren. Männer, die sich an vor ihnen stehenden Weingläsern festhielten und stumpfsinnig ins Leere schauten. Ein Tisch weckte seine Aufmerksamkeit. Eine anscheinend alleinstehende Frau saß dort und starrte auf ein Glas Rotwein. Während CM sich langsam dem Tisch näherte, vernahm er den schweren alkoholhaltigen Geruch, der, je weiter man vorwärts ging, immer penetranter wurde. Hier müsste dringend gelüftet werden!

Auch aus der Nähe betrachtet schien die Dame am Tisch noch interessant. Das Alter schätzte CM auf Mitte Dreißig. Sie war auffallend gut gekleidet, das fiel sofort auf, denn der Rest der hier anwesenden Gäste schien damit Probleme zu haben.

„Guten Abend! Sie erlauben, dass ich mich zu Ihnen setze? Alle anderen Tische sind mit Kreaturen belegt, die ich lieber nicht in meiner Nähe haben möchte."

Die Fremde hob kurz den Kopf, senkte ihn schweigend wieder und nickte kurz. CM zog seinen Mantel aus und einen der freien Stühle mit einem Knarren vom Tisch hervor um sich dann darauf niederzulassen. Die Dame schwieg weiter.

„Darf ich mich vorstellen? Mein Name ist Carl-Michael Kern. Ich bin Geschäftsmann und komme aus der Schweiz."

Diese Erklärung, so hoffte CM, sollte ordentlich Eindruck schinden. Aber sie blieb ungehört.

„Darf ich Ihnen etwas bestellen, meine Gnädigste?", fragte er nun, mit einem Blick, der selbst schlafende Hunde geweckt hätte.

Die Fremde jedoch blieb stumm. CM winkte den Kellner herbei und bestellte sich ein großes Bier und ein gemischte Platte. Was sich auch immer dahinter verbergen sollte, hinterfragte er nicht. Er hatte Blut geleckt - eine Frau, die seine Hilfe benötigte, das weckt Beschützerinstinkte!

Der Kellner stellte eine Platte mit Brot, Aufschnitt und das Bier auf den Tisch und ging wortlos. Hier gab es keine Bestecke und keine Servietten. Das konnte man der Tischdecke ansehen, sicherlich hatte sie in den letzten Wochen häufig als Ersatz herhalten müssen. Herr Kern begann sich zu bedienen, er hatte seit Stunden nichts gegessen und war heilfroh, dass er seinem Magen jetzt eine Kleinigkeit anbieten konnte.

„Möchten Sie etwas abhaben, es ist ja genug da?", CM startete einen neuen Kontaktversuch.

Die Dame an seinem Tisch schwieg, aber er sah, dass sich ein paar Tränen lösten und über die Wange liefen. Unbeholfen fischte er ein Taschentuch aus seiner Hosentasche, besann sich dann aber eines besseren, ihr das doch nicht anbieten zu wollen.

„Kann ich Ihnen helfen? Ich kann gar nicht mit ansehen, dass es Ihnen so schlecht geht!", schleimte er weiter, dabei näherte er sich der Dame vorsichtig mit dem Oberkörper.

Sie sah hoch, wich aber im selben Moment wieder zurück.

„Oh, ein Raucher!", entglitt es ihr.

„Entschuldigen Sie bitte, das kann ich sofort ändern! Wenn Sie es stört. Was haben Sie denn? Warum weinen Sie?"

„Ich möchte nicht darüber reden. Ich will hier weg. Das ist nicht meine Umgebung. Aber ich brauchte schnell ein Glas Wein. Können wir bitte das Lokal wechseln?", fragte sie ohne dabei in seine Richtung zu sehen.

Schnell ergriff er seine Chance, drückte ihre Hand und mit der anderen winkte er den Kellner herbei.

„Zahlen!"

Wie immer in solchen Situationen übernahm er selbstverständlich auch die Rechnung der fremden Frau und gab ein großzügiges Trinkgeld; jeder sollte es auch sehen können.

Dann verließen die beiden die Spelunke in Richtung frische Luft! Auf der Straße blieben sie zunächst einmal wortlos stehen, da sie nicht wussten wohin nun. CM ergriff zuerst die Initiative und erklärte, er würde sich hier nicht auskennen und bat seine neue Errungenschaft um einen Tipp! Aber auch die fremde Frau kam nicht aus Trier. Da standen die beiden Fremden nun in einer fremden Stadt.

„Wir gehen einfach ein paar Schritte, dann werden wir sicherlich etwas Adäquates finden!", schlug CM vor und hakte sich wie selbstverständlich bei der Dame ein.

„Hoffentlich klappt das. Hoffentlich hat die Kohle. Und hoffentlich will die nicht in mein Hotelzimmer! Alter passt, Figur ist ganz passabel für ihr Alter. Schauen wir mal, was daraus zu machen ist. Das ist doch gleich mein erstes Objekt für diese Gesundheits-Dingsbums-Kapseln! Mist, die Unterlagen habe ich im Hotel. Ich werde das wohl auf den nächsten Tag verschieben müssen."

⬚

Den Abend hatten CM und seine neue Flamme Dagmar Senftenberger in einem kleinen Lokal ganz in der Nähe der alten Spelunke verbracht. Er hatte mit Engelszungen versucht bei ihr zu landen. Erfolglos, jedenfalls für die erste Nacht. Es würde aber eine zweite Chance geben, jedenfalls hatten sich die beiden für den kommenden Abend erneut in dem kleinen Lokal verabredet. Den Tag verbrachte CM im Zimmer seiner Absteige und am PC. Seinen Laptop hatte er immer dabei und es gab sogar einen freien Internetzugang für ihn. Als Gegenleistung übergab er der Frau an der Rezeption ein Haarshampoo und ein Antifaltenmittel!

Es war enorm wichtig, dass CM täglich ins Netz ging. Dort suchte er nach Kontakten. Geschäftliche und private! Nur nichts anbrennen lassen, dachte er so oft, wenn sich wieder einmal eine Chance ergab. Alle Daten sichern, wer weiß, wozu man die noch mal nutzen kann!

Die neuen Medien und Foren gaben Herr Kern genügend Möglichkeiten, sich Opfer zu suchen. Dabei spielte es keine Rolle, ob es sich um Männer oder Frauen handelte. Ehrlich gesagt, bevorzugte er allerdings immer Frauen. Der erste Kontakt war locker, ganz nach der Art: was treibst du so? Wer bist du? Und dann ging es weiter, immer Schritt für Schritt.

Der Abend mit Dagmar verlief locker. Gemeinsames Essen in dem kleinen Lokal, einige Drinks und Gespräche, die wieder einmal um das von CM so geliebte Thema Krieg und Juden ging. Frau Senftenberger interessierte dieses Thema so gar nicht, sie versuchte immer wieder das Gespräch auf etwas Aktuelles zu lenken. Zuletzt, als Herr Kern überhaupt nicht aufhören wollte, erwähnte sie die Bundeskanzlerin Angela Merkel. Das hätte sie lieber nicht gemacht! Nun hatte CM neues Futter.

„Die Bundeskanzlerin entscheidet nichts alleine. Auch wenn alle es glauben sollen. Auch das Parlament wird gesteuert. Die Juden haben überall ihre Handlanger. Sie sorgen schon dafür, dass Frau Merkel so agiert, wie sie es wollen!", erklärte CM lautstark.

Einige der anderen Gäste im Lokal sahen schon zu den beiden herüber.

„Ich glaube, wir zahlen und machen uns hier aus dem Staub", erklärte CM, dem die Blicke der anderen Gäste auch schon aufgefallen waren.

„Ich möchte gerne in mein Hotel zurück. Das hat mir für heute gereicht. Es war ein wirklich anstrengender Tag. Vielleicht sieht man sich ja mal wieder!", erklärte Dagmar, stand auf und verließ ohne einen weiteren Blick zu CM das Lokal.

Da saß er nun, der Ober brachte die Rechnung, die also wieder an ihm alleine hängen blieb. Zum Glück hatten gerade mal wieder einige Kunden in Deutschland Produkte geordert und es war wieder etwas Geld auf dem Geschäftskonto eingegangen. CM bezahlte zähneknirschend und verließ das Lokal in Richtung seines „Hotels".

Die Nacht war frisch und CM fröstelte während er mit schnellen Schritten durch die Straßen lief. In ihm kam Wut hoch. Es wollte alles nicht so recht laufen, wie er sich das erträumt hatte. Trier hatte ihm kein Glück gebracht. Gut, er hatte einen neuen Kunden gewinnen können. Und er sollte viel Geld mit diesen Super-Kapseln verdienen. Dafür musste er also etwas tun. Er erhöhte das Tempo, denn nur an seinem PC fühlte er sich zu Hause.

Am nächsten Morgen verließ Herr Kern die Absteige, sein Hotel, und buchte sich einen Platz auf dem Zug in die Schweiz. Es wurde Zeit, er musste dringend seinen alten Kontakt aufleben lassen. Aurora Zügli hieß die Dame. Geschäftsfrau durch und durch. Wohlhabend, sie passte also absolut in das Beuteschema des Herrn Kern. Und Aurora freute sich immer, wenn er sie mal wieder besuchte. In der Schweiz brauchte er sich nicht um eine Unterkunft zu kümmern. Es war selbstverständlich, er wohnte bei Aurora. Sie hatte ein großes Haus. Dort lebte sie ganz alleine seit ihr Mann vor acht Monaten verstorben war. Carl-Michael kam genau zum richtigen Zeitpunkt an den richtigen Ort – so ist das oft im Leben! Die beiden empfanden sofort so etwas wie Sympathie für einander. Das war für CM keine schwere Entscheidung, ein Haus und Geld, mehr brauchte er wirklich nicht. Aber es gab da noch etwas, was CM neugierig machte. Der verstorbene Herr Zügli war ein sehr guter Arzt gewesen. Er hatte kurz vor seinem Tod die Übernahme einer Klinik geplant. Die Verträge waren fertig, die Finanzierung stand, dann erlag der Arzt einem Herzinfarkt – er war sofort tot. Die Verträge aber warteten auf die Unterschrift, da die Übernahme der Klinik erst am Ende des Jahres erfolgen sollte. Wie glücklich war damals Frau Zügli als sie erfuhr, dass Carl-Michael Kern Arzt war. Es sah aus, als wäre es kein Zufall, dass sich die beiden Menschen getroffen hatten. Die Geldgeber waren sehr skeptisch. Herr Dr. Zügli war ihr Kandidat für die Übernahme der Klinik. Was war da ein Deutscher, der noch nicht einmal einen Doktor-Titel hatte? Auch mit seinem Auftritt vor der Kommission der Klinikleitung hatte er nicht gerade geglänzt. Alleine der Witwe Aurora Zügli hatte er es zu verdanken, dass man am

Ende der Gespräche doch noch mit ihm einverstanden war. CM legte einige Dokumente vor, die seine Glaubwürdigkeit unterstrichen. Zwischenzeitlich hatte er diese durch die Information der Übernahme der Firma seines verstorbenen Vaters ergänzt. Der Ausschuss vertraute Aurora Zügli, niemand überprüfte die Dokumente, niemand misstraute dem Deutschen Arzt. Und nun war die Zeit reif! Er stand vor dem Haus der Aurora und konnte es gar nicht abwarten, die angekündigten Neuigkeiten von ihr zu erfahren.

„Endlich! Ich habe schon alle Augenblicke auf die Uhr geschaut! Du bist spät dran!", begrüßte Aurora ihren CM.

„Der Zug hatte Verspätung. Irgendetwas mit den Gleisen. Ich bin froh endlich hier zu sein. Es gibt so viele Neuigkeiten. Aber lass mich erst mal den Koffer aufs Zimmer bringen. Ich bin erschöpft. Die Reise war anstrengend!", erklärte Carl-Michel und schaute sich suchend im Hausflur um.

Er schaute, ob sich hier etwas geändert hatte. Vielleicht ein neuer Mann, der ohne sein Wissen ins das Leben der Aurora gekommen war? Allerdings gab es keinen Hinweis auf Neuerungen in dem Haus. CM atmete erleichtert auf und ging in das Zimmer, das er als seines bezeichnete. Es war seit ewigen Zeiten das Gästezimmer der Züglis gewesen.

„Endlich. Wieder hier. Und Aurora hat auf mich gewartet. Das ist doch ein gutes Zeichen. Sie hätte mich sicherlich nicht angerufen und herbestellt, wenn es schlechte Nachrichten geben würde. Also, es wird sicherlich mit der Klinik losgehen. Die letzten Banken haben bestimmt zugesagt, der Kredit ist da und ich kann starten. Meine eigene Klinik! Es wird meine Kerns-Kantons-Klinik! KKK! Meine Geldmaschine! Ganz alleine meine Klinik! Ich kann es immer noch nicht fassen. Was wäre wohl passiert, wenn ich damals nicht die Fähre nach Litauen genommen hätte? Wenn ich mit dem Auto gefahren wäre? Dann wäre mein ganzes Leben anders verlaufen! Glück braucht der Mensch."

Aurora Zügli, eine Witwe, die sich sehen lassen konnte. Sie trug nur Garderobe der feinsten Hersteller, immer passende Lederpumps. Keine, die als Waffe eingesetzt werden konnten, aber gerade hoch genug, um ein schlankes Bein zu machen. Sie hatte die Figur, die leicht in eine Größe 40 passte. CM war das nur recht. Geld und Figur, besser ging es wirklich nicht.

Frau Zügli hatte es sich im Salon bequem gemacht, ein Glas Sekt eines Privatwinzers in der Hand, wartete sie auf den zukünftigen Klinikchef. Der ließ sich Zeit beim Auspacken seiner drei Hemden und der einen Ersatzhose, die er eingepackt hatte. Für einen Geschäftstermin würde er sich um neue Garderobe bemühen müssen. Er hatte da allerdings eine ganz andere Idee, die allerdings einer gewissen feinfühligen Vorbereitung bedarf.

„Da bist du ja endlich! Ich habe eine Flasche Sekt geöffnet. Nimm dir bitte!", forderte sie CM auf und deutet dabei mit der Hand auf dem kleinen Flaschenwagen, der am Fenster des Salons stand.

Schnell drehte sich Herr Kern um, damit Aurora sein Gesicht nicht sehen konnte; er mochte keinen Sekt. Konnte aber hier auf keinen Fall, noch zu dieser Zeit, nach einem Bier fragen! So goss er sich einen kleinen Schluck ein und ging dann zu der Dame seiner Wünsche!

„Du wolltest mich sprechen? Was ist passiert?", fiel er sofort mit der Tür ins Haus.

„Nun komm doch erst einmal an, hast du es eilig? Willst du noch irgendwo hin?", wollte Aurora von CM wissen.

Sie hasste Hektik und mochte es gar nicht, wenn gewisse Benimmregeln nicht eingehalten wurden. In der Schweiz ging man alles mit mehr Ruhe an!

„Entschuldige! Ich bin nur so neugierig. Du hast es dringend gemacht, daher dachte ich, es wäre eben auch dringend!", konterte Herr Kern und kratze sich dabei am schlecht rasierten Kinn. Aurora sah an ihrem Gast hinunter. Er trug Turnschuhe, alte Turnschuhe! Dazu eine aus zerschlissenem, blauem Stoff gefertigte Hose und ein Freizeithemd, das sicherlich nach der letzten Wäsche kein Bügeleisen gesehen hatte. Sie konnte den

Blick gar nicht von ihm lassen. Er bemerkte es, konnte sich aber so gar keinen Reim darauf machen. Verunsichert räusperte er sich mehrmals. Suchte dann hektisch nach einem Taschentuch, ergebnislos.

„Sag, Michael, hattest du Probleme in letzter Zeit?"

Aurora nannte CM immer Michael, ohne jemals eine Erklärung dafür abgegeben zu haben. Sie hatte sich dafür entschieden und CM hatte gar keine Wahl gehabt, denn einen Widerspruch hätte sie nie zugelassen.

„Ich?", fragte CM langgezogen.

„Warum? Wie kommst du darauf?", hakte er nach.

Aurora hob leicht die Schultern, also wolle sie sagen: na ja, so wie du aussiehst!

„Wenn ich keinen Grund gehabt hätte, dich sprechen zu wollen, wärst du dann nicht gekommen?", fragte sie verschmitzt.

CM klatsche sich mit der Hand auf den Oberschenkel und lachte breit. Seine ungepflegten Zähne waren ihm egal. Frau Zügli hatte ihm bereits beim letzten Besuch angeboten, mit der Abteilung Zahnchirurgie in seiner zukünftigen Klinik einen Termin zu vereinbaren. Er hatte abgelehnt, aus Zeitmangel und war dann sehr kurzfristig abgereist. Heute, wo es einen wirklichen Grund für sein Erscheinen gab, wollte sie einen zweiten Anlauf wagen.

„Entschuldige, aber ich muss noch einmal auf das Thema Zahnchirurgie zurückkommen. Bei deinem letzten Besuch ist ja leider ein ganz wichtiger Geschäftstermin dazwischen gekommen. Aber jetzt, du hast ja Zeit mitgebracht, sollten wir es in Angriff nehmen. Hier achtet man auf solche Dinge! Der Chef der Kantons-Klinik kann unmöglich mit solchen Zähnen arbeiten und sich so in der Öffentlichkeit zeigen! Michael, nein, du brauchst dich nicht zu schämen und Gegenwehr ist zwecklos!", drohte sie ihm, indem sie ihre rechte Hand flach und ausgestreckt vor ihm aufbaute.

„So kannst du auf keinen Fall die Klinik übernehmen. Ehrlich, so würdest du nicht einmal auf der Pathologie arbeiten können!", erwiderte sie scherzhaft, meinte es aber verdammt ernst.

„Michael, die Bank hat angerufen. Der Finanzierung steht nichts mehr im Wege. Ich habe die erforderliche Bürgschaft übernommen. Der Betrag steht bereit. Zum nächsten Ersten bist du der neue Klinikchef!"

Während dieser Ansage holte sie ein kleines Päckchen hinter dem Sofakissen hervor und überreichte es CM. Das zigarettenschachtelgroße Geschenk war in goldfarbenes Papier gewickelt und wurde von einer großen Schleife verziert.

Für solchen Tinnef war Carl-Michael überhaupt nicht zu haben. Er wusste nicht, was er sagen sollte und schon gar nicht, was er damit anfangen sollte.

„Du darfst es gerne auspacken! Es ist für dich, Michael!", forderte Aurora ihren Gast auf.

Etwas genervt und kurz vor einem Wutausbruch riss er das Papier ab und ließ es einfach auf den Boden fallen. Zum Vorschein kam ein silbernes, kleines und flaches

Kästchen. Er versuchte tollpatschig das Geschenk zu öffnen, dabei fiel es ihm aus der Hand und landete auf dem Parkettboden des Hauses.

„Oh! Mein Boden!", rutsche es Frau Zügli heraus.

Dort lag nun das Silberkästchen, was sich durch den Fall geöffnet hatte. Und daneben lagen, wie zufällig verstreut, unzählige Visitenkarten. Eine davon hob CM auf und schaute darauf, wie ein Huhn, das sich zufällig selbst im Spiegel erblickt.

„Deine Freude hält sich in Grenzen. Es tut mir leid, wenn ich deinen exquisiten Geschmack nicht getroffen habe."

Das war allerdings ironisch gemeint, denn wenn CM eines nicht hatte, dann war es Geschmack!

Herr Kern sprang auf und ob nun absichtlich oder unabsichtlich, der Turnschuh kickte gegen das Silberetui und die verbleibenden Visitenkarten rutschten über den Parkettboden.

„Nun setz dich wieder. Beruhige dich, keiner will dich ärgern. Es sollte eine nette Geste sein, ich wollte dir lediglich ein Geschenk zur Klinikübernahme machen. Vergiss es am besten. Morgen hast du um zehn Uhr einen Termin auf der Bank. Du musst die Verträge unterschreiben. Vergiss bitte deinen Pass nicht", erklärte Frau Zügli Michael, stand auf und verließ den Raum.

„Meine Güte, diese Weiber! Was soll denn dieses Theater? Visitenkarten, als wenn ich mir die nicht selbst machen könnte! Und solche schlichten Teile, ich bin der Chef! Das ist vielleicht etwas für den Lehrling. Morgen kommen also die Millionen! Ich bin Millionär! Wie das klingt! Und wenn das so kommt, wie ich mir das denke, dann werden ganz schnell aus der einen Million zwei oder drei! Denen werde ich das schon zeigen: CMK – der Chef der Klinik!"

Am nächsten Morgen saßen Aurora Zügli und Carl-Michael Kern gemeinsam am Frühstückstisch. Obwohl Michael sonst immer ein sehr guter Esser war, blieben heute Wurst und Käse unbeachtet. Lediglich der Kaffee fand seine Zustimmung.

„Aurora, ich habe da noch eine Bitte und eine Frage an dich. Es fällt mir nicht leicht, aber durch einen Notfall bin ich in eine sehr dumme Situation gelangt. Ich brauche deine Hilfe!", stotterte er und schaute dabei in seine Kaffeetasse.

„Wie kann ich dir helfen?", fragte Aurora völlig entspannt.

„Ich habe doch meinen Wohnsitz in England aufgelöst. Ich war mir damals noch nicht so klar, wo ich meinen neuen Lebensmittelpunkt finden würde. Ich habe also das Haus räumen lassen, es ist ja schon wieder verkauft worden. Alle Möbel sind zunächst einmal eingelagert worden. Sie befinden sich noch in London. Ich habe einen Koffer mit meinen persönlichen Dingen, Anzüge, Krawatten, Hemden und so weiter gepackt. In einen andern Koffer habe ich alle wichtigen Geschäftsunterlagen gelegt. Und dann habe ich ja noch diesen alten Koffer, das ist ja ein Erbstück meines Vaters. Ich kann mich nicht davon trennen", erklärt Michael weitläufig.

„Was willst du Michael?", kontert Aurora Zügli.

Sie kennt ihr Gegenüber und weiß, er baut jetzt ein Gerüst aus endlosen Geschichten auf.

„Na ja, diese beiden Koffer, habe ich bei meinem letzten Geschäftstermin in Trier, ich habe einen neuen Kontakt für die Cosmek geknüpft, vertauscht. Ich kann ja nicht immer mit den vielen Anzügen und Hemden durch das Land reisen. Daher habe ich den Koffer in dem großen Hotel untergestellt, wo ich immer einchecke. Aber, wie gesagt. Beim letzten Besuch habe ich den Koffer mit den Geschäftsunterlagen mitgenommen, die Sachen brauche ich nicht immer, den Koffer mit den Anzügen habe ich dort stehengelassen. Und nun kann ich ja wohl nicht bekleidet mit einem Aktenordner zur Bank gehen?", erklärte Michael umständlich und schaut erwartungsvoll auf Aurora.

„Wo ist das Problem? Du hast noch eine Stunde Zeit. Ich lass einen Angestellten des Herrenausstatters mit vier oder fünf Anzügen kommen. Das machen die sofort, man kennt mich. Mein Verstorbener hat immer dort gekauft. Warte, ich rufe schnell an!", sagte Aurora und sprang auf!

„Halt! Nicht!", schrie Michael und packte Aurora gerade noch am Arm.

Wütend dreht sie sich um, er hatte etwas zu fest angepackt.

„Michael! Was soll das? Erst soll ich dir helfen und dann? Fast wäre ich hingefallen? Wie soll ich das verstehen?", wetterte sie sehr böse.

„Ich mag es nicht sagen. Aber in dem Koffer, der im Hotel stehen geblieben ist, ist auch meine Brieftasche mit allen Kreditkarten. Wenn du jetzt diesen Anzug-heini holst, ich kann ihn nicht bezahlen. Ich hatte eine ganz andere Idee. Was hast du eigentlich mit der Kleidung deines verstorbenen Mannes gemacht? Er hatte doch ungefähr meine Statur! Und so würde sie noch Gutes leisten, wenn ich damit gehen kann!", erläuterte Michael und strahlte wie ein Honigkuchen-pferd über das ganze Gesicht.

Aurora hatte sich auf das Sofa fallen lassen, auf dem auch Michael saß. Sie sagte nichts und schaute mit offenem Mund zu ihm. Röte stieg an ihrem Hals empor und kroch langsam über ihr Gesicht. Sie schnappte nach Luft. Sie schloss den Mund um ihn kurz darauf wieder zu öffnen, sie versuchte Worte zu bilden, blieb aber stumm. Dann stand sie auf und verließ schwei-gend mit hängenden Schultern den Raum. Herr Kern blieb zurück.

⌗

„Was ist denn jetzt schon wieder los? Versteh einer die Frauen!
Ich finde meine Idee, die Sachen ihres Alten zu tragen, ganz
hervorragend. So etwas muss man doch nicht einfach entsorgen.
Soll ich etwa so zur Bank um den Millionenkredit zu unter-
schreiben? Sie will, dass ich gut aussehe? Und nun?"

⌗

Aurora hatte sich in ihre Privaträume zurückgezogen.
Darüber musste sie auf alle Fälle erst einmal nachden-
ken. Sie setzte sich vor ihre Frisierkommode, als es
klopfte. Sie schluckte und zog die Augenbrauen hoch.
„Ja, bitte!"
Die Tür öffnete sich und Michael stand im Raum.
„Was willst du?", fragte Aurora kühl.
„Also, … Ich, … Aurora, … Mmmm….", weiter kam
Michael nicht.
„Was willst du?", wiederholte Aurora mit scharfer
Stimme.
„Kann ich nun die Kleider deines Mannes haben oder
nicht? Ich muss gleich zur Bank. Es wird Zeit!", sagte
Herr Kern fordernd und hob dabei seine Stimme
bedrohlich an.
„Du kannst mich mal! Geh!", erwiderte Aurora Zügli
und ergänzte:

„Mach die Tür zu, von außen."

Da stand Herr Kern nun und suchte nach einer schnellen Lösung. Es gab nur eine, er ging in seiner Jeans und seinem Freizeithemd zur Bank.

Drei Monate später

Nachdem die Bank die Geldanweisung getätigt hatte, wurden die Verträge zur Übernahme der Klinik unterzeichnet. Herr Kern hatte es geschafft. Seine ersten Aufgaben in der Klinik sah er darin, sein Büro umzubauen, besser gesagt, umbauen zu lassen. Das alte Mobiliar flog raus und neue Designermöbel zogen ein. Das Personal hatte es nicht leicht, die Ärzte kuschten vor ihrem neuen Chef, der nichts durchgehen ließ. Bereits der kleinste Fehler, eine offen stehengelassene Tür oder ein nicht verschlossener Schrank wurden angemahnt. Einige der Ärzte hatten sogar schon Abmahnungen erhalten. Glücklicherweise wusste bisher Frau Aurora Zügli nichts davon. Ihr Mann war immer ein angesehener und geschätzter Arzt in dieser

Klinik gewesen. Wie lange sich die Ober- und Chefärzte der Klinik das Gehabe ihres neuen Chefs noch gefallen ließen, stand in den Sternen. Einige Kündigungen hatten es bereits seitens der Pflegekräfte gegeben. Die Personalabteilung äußerte in einer Zusammenkunft ihre Bedenken, dass, wenn weitere der älteren Schwestern kündigen würden, die Betreuung der Patienten gefährdet wäre! Nur mit den jungen Kräften ließ sich eine Station nicht reibungslos leiten. Herrn Kern kümmerte das nicht. Hübsch und willig musste eine Schwester sein – in jeder Beziehung; das war seine Devise. Wenn nicht, konnte sie gehen.

Nachdem ein Mitglied des Beirates der Bank mit einem Aneurysma in der Kopfschlagader eingeliefert wurde und aufgrund fehlenden qualifizierten Personals verstarb, machte der Notstand die Runde in der Ärzteschaft. Leider aber nicht nur da, auch die Presse erfuhr davon und der Vorstand der Hausbank machte sich ebenfalls Sorgen, dass bei weiteren Vorfällen die Rückzahlung des Darlehens gefährdet war.

Herr Klinikchef Kern wurde in die Bank gerufen. Allerdings ließ sich ein Klinikchef nichts sagen, auch nicht vom Vorstandsvorsitzenden einer Großbank der Schweiz! So dauerte es nicht lange und die Konsequenzen seines Handels lagen auf seinem Schreibtisch.

Ein Einschreiben mit Rückschein der Bank! CM öffnete den Umschlag und ließ sich dann in seinen opulenten, schwarzen Ledersessel fallen. Da stand in schwarzer Schrift: Hiermit kündigen wir Ihr Darlehen fristgerecht zum Ablauf des nächsten Quartals. Den fälligen Betrag zuzüglich der ausstehenden Zinsen werden wir zum Ersten des darauffolgenden Monats ihrem Konto belasten.

CM wurde zuerst blass, dann rot und dann fluchte er, dass seine Sekretärin vorsorglich ihr Zimmer in Richtung Kantine verließ. Alle Versuche, dieser Misere zu entkommen, die Klinik zu retten oder einen alternativen Teilhaber oder Geldgeber zu finden, verliefen im Nichts. Carl-Michael Kern musste Insolvenz beantragen. Sein Projekt Klinik in der Schweiz war gescheitert. Und als wäre das nicht schon schlimm genug, trennte sich auch noch Aurora von ihrem Michael! Nun war CM alleine in der Schweiz. Seine Konten waren gesperrt. Seine Kreditkarten waren gesperrt. Er hatte keine Bleibe mehr und die Ärzte und Schwestern der Klink zeigten mit Fingern auf ihn! Das Getuschel hinter seinem Rücken war die schlimmste Erfahrung, die CM erlebte. Keine seiner bereitwilligen Schwestern kannte ihn mehr. Er hatte bei allen verspielt! Das sollte ihm nie wieder passieren, schwor er sich!

„Ich bin am Ende! Scheiße! Diese Bagage! Wie konnte es passieren, dass diese Judenbande auch noch an meine Klinik

kommen wollte? Die haben überall ihre Kontakte, sogar im Vorstand einer Schweizer Bank! Dann muss ich schauen, wie es weiter geht! Einen CMK kriegt keiner klein! Denen werde ich es schon zeigen! Ich habe noch meine Firma in London und ich werde mich vermehrt um diese Gesundheitskapseln kümmern müssen. Wäre doch gelacht, wenn ich nicht bald an der Spitze stehe und ordentlich Geld verdienen kann! Also, auf zu neuen Ufern! Wer ist schon Aurora Zügli? Die alte taube Nuss!"

Es blieb Herr Kern nichts weiter übrig, er verließ die Schweiz wieder Richtung Deutschland. Er erinnerte sich an das Zimmer mit eigenem Bad, das ihm der Friseurmeister zugesichert hatte. Also ging die Reise wieder nach Osnabrück. Langsam hatte sich CM schon an die beschwerliche Reise im Zug gewöhnt, aber er war sich sicher, es musste ein fahrbarer Untersatz her. Vielleicht könnten mir meine Kontakte in Litauen helfen, die beschaffen doch immer alles, was ich benötige, ging es ihm durch den Kopf. Martin Richard in Osnabrück war sehr erstaunt, CM zu sehen.

„Erst hört man Monate nichts von dir, dann schwupp, stehst du ohne Anmeldung vor meiner Tür. Du hättest gerne vorher anrufen können!", erklärte Martin, während er CM ins Haus ließ.

Kopfschüttelnd betrachtete er den Geschäftsmann! Was war passiert? Wo war er in all den Monaten gewesen? Lediglich per Mail hatten sie sich kurz ausgetauscht, allerdings nur, als es um die Rückfrage zu einer Warenbestellung ging. Martin lief weiter hinter CM her, bis er das Gästezimmer erreicht hatte.

„So, nun möchte ich eine Erklärung von dir!", kam es fordernd aus Martins Mund.

CM knurrte etwas, was nicht zu verstehen war. Er kramte in seinem alten Koffer umher und zog Infomaterial zu den Gesundheitskapseln heraus.

„Ich muss dir unbedingt was zeigen, schau dir mal an, …..", weiter kam CM nicht.

„Lass das. Ich will wissen, wieso du so grausam aussiehst. Was ist passiert? Rede!", fauchte Martin und schob noch einen Satz nach:

„Sonst kannst du gleich wieder abreisen!"

CM schaute hoch, ihm war bewusst geworden, mit faulen Ausreden konnte er hier nicht punkten.

„Ich erkläre es dir, gleich. Lass mich eben den Koffer auspacken. In fünf Minuten. Vielleicht bei einem Glas Bier?"

Sein Blick war leer und die fehlende Rasur half auch nicht, ihn besser wirken zu lassen. Martin Richard hob kurz die Hand, drehte sich um und ging die Treppe hinunter ins Wohnzimmer seines Hauses. Es dauerte noch circa dreißig Minuten, dann erschien CM. Zuerst nahm er einen großen Schluck aus dem Bierglas, dann schnaubte er kurz und begann zu reden.

„Es ist nicht so einfach für mich. Diese Betrüger haben es geschafft, ich bin vorerst am Boden. Eine Gruppe von Investoren war bereit mir ein Darlehen zu gewähren. Es ging dabei um etwa 4 Millionen Euro. Wir hatten die Verträge schon lange ausgearbeitet, es gab hier und da noch einige Punkte, die geklärt werden sollten. Dann war es soweit. Das Geld stand bereit, ich habe dann damit eine Klinik in der Schweiz übernommen."

„Du hast was?", fragte Martin erstaunt nach.

„Ich habe die Leitung einer Klinik übernommen."

„Einfach so? Ohne Fachwissen? Wie geht das?", wollte der Friseur wissen.

CM hob erbost den Arm in die Luft und wetterte:

„Was heißt hier ohne Wissen? Ich bin Arzt. Ist doch egal, welche Fachrichtung. Arzt ist Arzt."

„Du bist Arzt? Hast du noch nie erzählt!", bemerkte Martin verwundert.

CM zog seine Geldbörse aus der Gesäßtasche und fingerte einen Beleg aus festerer Pappe heraus. Hier meine Zulassung!

Mit diesen Worten hob er den Wisch hoch und ließ Martin kurz darauf schauen. Dann war er auch schon wieder in der Geldbörse verschwunden.

„Warum arbeitest du nicht als Arzt?", fragte Martin erstaunt.

Es folgte eine Abhandlung, die unter Zuhilfenahme der Arme und teilweise der Beine erfolgte. Ungefragt steckte sich der Redner dabei eine Zigarette nach der

73

anderen an. Am Ende wusste sein Gegenüber genauso wenig wie vorher.

„Ehrlich, ist mir auch egal. Was ist denn nun passiert?", hakte Herr Richard nach.

„Also, wie gesagt, ich habe die Klinik übernommen. Es lief hervorragend. Bis diese Betrüger ins Spiel kamen. Einer aus ihren Reihen sollte Chef werden, sie haben ihre Fäden überall gesponnen. Man hat mich dann ausgetrickst, mit den übelsten Mitteln. Denen ist es sogar egal, wenn dabei ein Menschenleben ausgelöscht wird. Sie haben es geschafft, man hat mich in die Insolvenz getrieben und diese Judenbagage leitet jetzt das Klinikum."

Martin schaute mit offenem Mund zu CM. Er konnte so gar nicht nachvollziehen, was ihm dieser eben hatte versucht zu erklären. Juden? Klinik? Tod? Wenn er ehrlich war, er wollte davon einfach auch nichts wissen. Während dieses undurchsichtigen Gefasels wedelte CM immer noch mit dem Prospekt für diese Gesundheitskapseln rum.

„Ich glaube, wir sollten das Gespräch für heute lieber beenden. Mein Bedarf an Neuigkeiten ist gedeckt. Ich gehe jetzt schlafen und das solltest du auch machen.

⊞

Der nächste Morgen stand ganz im Zeichen der Kapseln. CM wollte nun endlich Nägel mit Köpfen machen. Und Martin hatte sich Zeit genommen, vielleicht war ja etwas dran an der Aussage, man könne damit Geld verdienen! Herr Kern machte genaue Ausführungen über Vorteile und Nachteile, über Wirkstoffe und Herstellung der Nagesu-Kapseln. Am Ende wusste Martin nur noch, dass er diesen Vertriebsantrag unterschreiben musst; und er tat es. CM war glücklich und hatte beim Lachen eine Dollarnote in der Iris!

CM blieb noch einige Tage, die er allerdings überwiegend an seinem Laptop verbrachte. Auf keinen Fall wollte er erneut auf das Drama Klinikum Schweiz angesprochen werden. Er wollte in Ruhe Kontakte schließen und neue Opfer suchen!

Zum darauffolgenden Wochenbeginn verabschiedete sich CM mit unbekanntem Ziel. Martin und seine Frau waren froh und hofften ihn nicht so bald wieder zu sehen!

„So einfach war das nicht. Martin ist schon ein harter Knochen. Und seine Frau erst recht. Egal, er hat unterschrieben. Und das Thema Klinik war ja auch nicht mehr aktuell. Jetzt muss ich aber sehen, dass ich in die Hufe komme. Ich brauche eine neue und feste Bleibe, am besten über einer Frau!"

Herr Kern hatte einige gute Produktverkäufe getätigt und das eingenommene Geld gleich abgehoben. Dank eines Internetkontaktes hatte er nun endlich einen Mittelsmann in Deutschland, der sich um den Versand seiner Cosmek-Produkte kümmerte. Die Bestellungen wurden von dem Mitarbeiter zusammengestellt, verpackt und an die Kunden geschickt. Damit war CM eine große Sorge losgeworden. Der Erlös aus den Verkäufen wurde in eine Reise nach Litauen investiert. Herr Kern plante den Kauf eines Autos und wollte sich mal wieder bei den Menschen umsehen, die für ihn seine Produkte produzierten. Seit dem Tod seines Vaters hatte sich schon einiges verändert im Hause der Cosmek. Der Flug war schnell gebucht, der altersschwache Koffer kam erneut zum Einsatz und los ging die Reise.

Schon bei seinen ersten Besuchen in Litauen hatte er jede Menge Kontakte geknüpft. Dazu gehörte auch eine Firma, die in einer alten Halle am Rande der Hauptstadt mit der Herstellung von chemischen Stoffen für die Farbenindustrie beschäftigt war. Genau hier wurden jetzt seine Natur-Kosmetik-Produkte hergestellt. Kostengünstig, das war die Hauptsache. Bekanntlich ist ja die erste Million die schwierigste! Bei der Suche nach einer adäquaten, das hieß also, bei einer kostengünstigen Unterkunft, war Herr Kern fast zufällig über eine Frau gestolpert. Es stellte sich heraus, dass die aus Vilnius stammende Ludmilla eine ledige Lehrerin für Englisch war. Glück im Unglück, sie hatte von der Begegnung keinen Schaden genommen und sie war ledig! Sie passte also genau in CM`s Beuteschema. Er musste eingestehen, sie war nicht gerade ein Schönheit, zu starke Konturen, zu wenig Oberweite, dafür zu breite Hüften, aber sie hatte dafür einen anderen Vorteil, der alle anderen Dinge in den Hintergrund schob: sie bewohnte ein Haus! Allerdings nicht alleine, sondern gemeinsam mit ihrem Vater, aber es war genug Platz vorhanden, dass Herr Kern hier wieder einmal kostenlos wohnen durfte! Ludmilla war etwas jünger als Carl-Michael, kinderlos und sie sprach ja glücklicherweise Englisch. Denn in der Landessprache hätte man sich nicht unterhalten können und Deutsch wurde im Hause der Familie Czechcov nicht gesprochen. Ludmilla war sehr an dieser Verbindung interessiert. Ein Deutscher! Damit konnte man schon etwas anfangen. Die Optik war Ludmilla egal, da war sie aus ihrer Heimat ganz andere Erscheinungen gewöhnt. Ihr Vater hatte auch nichts dagegen, dass der deutsche Geschäftsmann nun öfter mal in ihrem Haus Unterschlupf nahm. Er hatte sich in Ludmillas Schlafzimmer einen Schrank organisiert, den er als Computer-Tisch umfunktionierte. Klar, auch hier ging es nicht ohne seinen Laptop und die Suche nach weltweiten Kontakten im Netz. Er konnte sich glücklich schätzen, ein Bekannter der Familie Czechcov verhalf ihm mit der Anbringung einer Satellitenschüssel auf dem Dach für einen freien Zugang zum Internet – keine Selbstverständlichkeit in dieser Gegend! Wann immer Carl-

Michael die Möglichkeit sah, klapperte er auf den Tasten seines Laptops herum, nicht immer mit der Zustimmung seiner Ludmilla. Aber, das Sagen hat der Mann im Haus! Da war sich CM ganz sicher, seine neue Freundin wollte ihn ja nicht verlieren. Immerhin bekam auch sie gratis Pflegeprodukte seiner weltweit tätigen Cosmek.

◼

„Hoffentlich macht mir Ludmilla keine Schwierigkeiten. Wenn ich diesen Tisch für den PC nicht hätte und meine Ruhe hier, wäre ich schon lange weg. Dieses Gebabbel in dieser Landessprache, das ist ja nicht zum Aushalten. Zum Glück geht die Alte zur Arbeit. So kann ich zumindest in der Zeit frei mit meinen Freundinnen weltweit sprechen. Ich glaube, da bahnt sich was an … Die neue Flamme in Spanien. Immerhin, da habe ich noch keinen Vertrieb für Cosmek. Die hat zwar einen Mann, aber was stört mich das! Zuerst muss ich mich jetzt aber um ein Auto kümmern! Mal schauen, was der Igor aus der Bar so zu bieten hat.“

◼

Noch am selben Abend trafen sich Igor und Carl-Michael in einer kleinen Bar der Vorstadt. Dem Wunsch des deutschen Geschäftsmannes folgend, präsentierte er einen großen Wagen. Das aus Deutschland stammende Auto war gepanzert. Daher war er ihn auch nicht losgeworden, bei dem Benzinverbrauch! Ein alter Russe hatte den Wagen gefahren, er hatte Angst um sein Leben, wie sich herausstellte auch nicht umsonst. Und dort, wo er jetzt verweilte, konnte er den Wagen nicht mehr nutzen. Der Preis wurde hart verhandelt, danach war Herr Kern stolzer Besitzer eines silberfarbenen, schusssicheren und gepanzerten Autos. Was um alles in der Welt wollte dieser Mann mit einem solchen Auto, fragte sich nicht nur Igor? Allerdings, wenn CM sich ein solches Fahrzeug andrehen ließ, konnte man mit ihm vielleicht ja noch ganz andere Geschäfte machen … Igor wollte auf alle Fälle an diesem Deutschen dranbleiben.

Ludmilla schlug die Hände über dem Kopf zusammen. So ein Geschoß, erklärte sie ihrem „Mann". Es war allerdings völlig klar, Carl-Michael ließ keine Widerrede und keine Kommentare zu. Er war der Mann im Haus, wenn auch nur geduldet!

Das Geschäft mit diesen Gesundheits-Kapseln lief erstaunlich gut. CM hatte bereits einige Kontakt gemacht und neue Vertriebspartner akquiriert. Womit man sein Geld verdient ist ja schließlich egal, war seine Devise! Hoffentlich war das der richtige Weg! Die stundenlangen Besuche im Internet führten auch zu einem neuen Kontakt in Südafrika! Ein Deutscher, der schon seit vielen Jahren dort wohnte, machte CM neugierig. Nun, es war ihm ziemlich egal, wo jemand wohnte, für ihn zählte nur eine Tatsache, welchen persönlichen Nutzen kann ich daraus ziehen. Und dieser Deutsche hatte etwas, was ihm in seiner Sammlung noch fehlte. Er hatte einen Adelstitel! Vielleicht könnte man da ja etwas machen, dachte sich CM. Carl-Michael Kern von Heldenberg. Das war ein Name! Oder besser nur Carl-Michael von Heldenberg? Er wollte unbedingt mehr über diesem Mann erfahren und nutze jede Gelegenheit sich über das Internet mit ihm auszutauschen. Steter Tropfen höhlt den Stein, dachte er sich.

Geld war noch immer das wichtigste Thema für Herrn Kern. Denn ohne das nötige Kapital wurde es eng, auch wenn er frei wohnte und auch für sein Essen nichts zu zahlen hatte. Dennoch erwartete man von ihm, sich in anderer Form erkenntlich zu zeigen. Ludmillas Vater trank sehr gerne einen Wodka, oder auch zwei. Und wann immer CM aus der Stadt kam brachte er also eine Flasche davon mit. Vielleicht könnte man, so spukte es ihm durch den Kopf, damit ja auch Geld machen …

Alleine mit dem Verkauf der Cosmek-Produkte kam CM nicht zurecht. Und bis der Vertrieb der Gesundheitskapseln wirklich lukrativ wurde, würden auch noch Monate ins Land gehen. Er musste sich also, wenn er nicht bei seiner Ludmilla in Ungnade fallen wollte, etwas ausdenken, was „schnelles Geld" brachte. Er fuhr also mit seinem gepanzerten Wagen ein wenig durch die Gegend, vielleicht kam ihm ja dabei die zündende Idee!

⌗

6 Monate später

Herr Kern war wieder einmal nach Osnabrück gereist. Eine Flasche Krimsekt im Koffer traf er erneut unangemeldet bei Martin Richard und seiner Frau ein. Ihre Begeisterung hielt sich in Grenzen. CM lag ihnen nicht nur auf der Tasche in Sachen Essen und Trinken, nein, er störte einfach den normalen Alltag.

Am ersten Abend berichtete CM seinen Freunden, dass er ja nun bei Ludmilla und ihrem Vater in Litauen wohnte. Voller Stolz wurde der Familie der neue Wagen vorgeführt.

„Was für ein Geschoß? Was willst du damit? Gab es den nicht kleiner?", neckte Martin seinen ungeliebten Gast.

„Dieser Wagen hat einem deutschen Politiker gehört. Namen darf ich nicht nennen. Auf Umwegen, damit der ursprüngliche Besitzer aus den Papieren verschwindet, ging der Wagen nach Russland. Und nun eben wieder zurück, jedenfalls zeitweise! Alle Scheiben sind aus schusssicherem Glas und die Türen haben einen zusätzlichen Sensor gegen Feinde, die sich an dem Fahrzeug zu schaffen machen. Es könnte ja jemand Sprengstoff anbringen, dann würde der Wagen einen Hinweis geben. Alle Außenteile sind so gepanzert, dass sie selbst der Detonation einer Bombe standhalten würden", erklärte CM und stand dabei wie ein Pfau neben dem Ungetüm von Auto.

„So, so!", erwiderte Martin, der damit einfach nichts anfangen konnte.

„Und wozu das alles?"

CM erklärte, er wolle ihm das gerne in allen Einzelheiten darlegen, aber eben auf keinen Fall auf der Straße. Das wäre viel zu gefährlich. Kopfschüttelnd folgte Martin also seinem Gast ins Haus.

„Es ist so, es gibt da eine Firma, die ihren Hauptsitz in Paris hat, die möchten gerne meine Produkte vermarkten. So, jetzt weißt du es."

Herr Richard schaute wie eine Schildkröte zu CM. Er hob seine beiden Hände vor seinen Körper, öffnete sie etwas und dreht sie dabei. Beide Schultern hoben sich etwas an und der Kopf knickte leicht ein. Herr Kern allerdings hatte lediglich sein Doppelkinn etwas erhoben, so dass sich eine Falte weniger zeigte. Es blieb eine ganze Weile still.

„Ja und?", fragte Martin endlich und senkte seine Hände wieder aufs Sofa.

„Wie? Du verstehst den Ernst der Lage wohl nicht. Die wollen mich vom Markt haben. Ich bin eine riesige Konkurrenz, die sie nicht dulden. Ich habe schon eine Morddrohung erhalten. Jetzt kommst du!"

Die erwartete Reaktion seines Gegenübers blieb allerdings aus. Der Friseurmeister schüttelte nicht einmal seinen Kopf. Er schaute lediglich mit einigen Falten über den Augenbrauen zu CM. Er glaubte: jetzt dreht der völlig ab!

„Nun lass mal den Quatsch. Willst du mich auf den Arm nehmen? Morddrohung? Gepanzerter Wagen? Hast du schon den Verfassungsschutz informiert?", ulkte Martin mit einem schallenden Lachen, sodass seine Frau um die Ecke schaute.

Martin winkte ab und sie ging wieder, glücklich darüber, nicht bei den Männern sitzen zu müssen.

„Nein. Aber ich habe einen Bekannten der arbeitet bei … Ach, das darf ich nicht sagen. Egal. Der hat mir eine spezielle Wanze in mein Handy eingebaut. Ich bekomme so oft seltsame Anrufe, sicherlich spioniert man mich aus. Diese Wanze verhindert, dass ich aufgespürt werden kann und sie macht meine Anrufe abhörsicher. Wenn wir also telefonieren musst du keine Angst haben, das Gespräch kann niemand mithören!"

Martin Richard stand auf, zog seine Hose hoch und ging langsam aus dem Zimmer, wortlos. Erst als er den

Flur erreicht hatte löste sich ein Schwall Gelächter und fast hätte er sich daran verschluckt.

„Abhörsicher! Gepanzert! Spione! Mord!", prustete er hervor und ging zu seiner Frau.

CM sah ihn an diesem Abend nicht wieder. Nach einer Weile schlich er sich in „sein" Zimmer und starte den Laptop.

Am nächsten Morgen erschien Carl-Michael locker zum Frühstück. In der Hand hatte er schon die erste Zigarette und erntete damit sofort böse Blicke der Familie Richard.

„Ausmachen! Hier wird nicht geraucht, sofort!", erklärte Frau Richard und konnte dabei ein Lachen nicht unterdrücken.

„Na, hast du dich schon beim Verfassungsschutz gemeldet. Die müssen doch sicher wissen, dass du jetzt frühstücken willst", neckte Martin.

CM schnaubte, dabei hustete er wie nicht nur morgens. Zu viele Zigaretten hatten ihre Spuren hinterlassen.

„Du bist doch der große Arzt. Wieso rauchst du dann? Du solltest doch wissen, was mit deiner Lunge ge-schieht!", frotzelte Martin jetzt.

Er konnte einfach nicht ernst bleiben, immer wieder gingen Martin die Worte seines Geschäftspartners durch den Kopf!

„Ihr werdet noch an mich denken. Wenn ich eines Tages mit einer Kugel im Kopf im Straßengraben liege!", erklärte er böse.

„Möchtest du eingeäschert werden?", wollte Martin jetzt wissen.

CM hatte nicht verstanden, was er von ihm wissen wollte und hielt das Messer, das einen sehr dicken Klacks Butter zierte, fast waffenähnlich in der Hand über dem Frühstückstisch.

„Ich wollte nur nett sein, falls deine Lukullus nicht weiß, wie sie dich unter die Erde bringen soll. Habt ihr schon geheiratet?"

„Du sprichst von Ludmilla? Wir werden bald heiraten. Ich habe es schon meinen Kindern aus der ersten Ehe berichtet. Sie werden aber wohl nicht nach Litauen kommen können, sind zu beschäftigt."

Jedes Mal wenn CM den Mund aufmachte zeigte er nicht nur seine schlechten Zähne sondern es kamen auch wieder neue Unglaublichkeiten heraus! Er hatte also Kinder aus einer anderen Ehe. Wie oft war CM denn schon in Ketten gelegt? Lieber nicht fragen, dachte Martin, sonst gebe es wieder einen Schwall von Erklärungen, die nicht enden würden.

„Also, ich habe heute einen wichtigen Termin. Ich werde gegen Abend auf alle Fälle zurück sein", erklärte

Herr Kern und brach auf ohne eine Andeutung zu machen.

Als sich am Abend alle wiedertrafen, blieb CM glücklicherweise eine Erklärung schuldig. Man aß zu Abend und sprach über ganz allgemeine Themen. Irgendwann bedankte sich Martin bei seinem Sponsor für die gute Idee mit den Gesundheitskapseln.

„Ich hatte es nicht gedacht, aber ich habe doch schon einige Kunden überzeugen können. Und wie läuft es bei dir?", hakte der Friseur nach.

„Ich habe schon so viele ins Geschäft gebracht, habe bereits die vierte Stufe erreicht. Bin auf dem steilen Weg nach ganz oben! Dank Dieter Schild, ihr kennt euch ja. Hätte der mich nicht angefahren, wäre ich nie dazu gekommen."

Alles was CM machte war der Knaller. Er war der Große, der Tolle, der so Erfolgreiche! Langweilig in einem Gespräch, da Martin genau wusste, es konnte nicht stimmen. Würde denn ein so erfolgreicher Geschäftsmann in solcher Kleidung rumlaufen? Würde er so schlechte Zähne haben? Würde er generell so ungepflegt sein? Und dann noch als Arzt? Für Martin wurden die Erklärungen des Carl-Michael Kern immer fragwürdiger.

„Und, was hast du heute gemacht?", wollte Martins Frau von CM wissen.

„Ich habe mich mit einigen sehr wichtigen Leuten getroffen. Geschäfte. Ich plane etwas Neues, etwas Großes. Aber ich kann noch nicht darüber reden. Die

Neider sind überall und ich möchte nicht erneut in die Klauen des Judenpacks kommen."

Sofort unterbrach Martin seinen Gast.

„Bitte Carl-Michael, verschone uns mit deinen Geschichten. Wir können es nicht mehr hören. Und wir wollen es auch nicht mehr hören. Lass es einfach!"

„Ich hätte aber noch eine Idee, wie du zu mehr Geld kommst! Interesse?", fragte CM und grinste dabei.

„Noch mehr Kapseln? Oder was hast du noch auf Lager?", wollte der Friseur wissen.

„Nein, keine Kapseln. Aber meine Firma Cosmek könnte neue Kunden gebrauchen. Du bist doch zwischenzeitlich fit und könntest Werbung für mich machen. Ich habe mir da schon Gedanken gemacht. Du vereinbarst Termine, in ganz Deutschland. Dann fährst du hin und stellst die Produkte vor. Die Kunden sind immer begeistert. Dann machst du Verträge und nimmst Bestellungen auf. Die leitest du per Mail an mich. Wir liefern und rechnen mit dem Kunden ab. Du bekommst 10 % Bonus auf deine Rechnungen und, sagen wir 15% Provision vom Umsatz der Kunden. Wie findest du das?"

Martin schaute wachsam auf CM. Hatte er das jetzt so gemeint oder war das wieder eine seiner Geschichten.

„Wenn du das wirklich so meinst, wie du es erklärt hast könnte ich mir das schon vorstellen. Darüber sollten wir aber noch einmal reden. Aber nicht jetzt."

Damit stand Martin auf und ging in seinen Salon. Ein neuer Tag und hoffentlich viele zufriedene Kunden.

◫

Carl-Michael hatte einen wirklich interessanten Kontakt in Osnabrück. Es ging um Geschäfte, es ging um Alkohol und es ging um Geld. Sein Gesprächspartner war ein Russendeutscher, der schon seit vielen Jahren in Deutschland lebte und arbeitete. Aber er hatte auch noch immer Kontakte in seiner Heimat Russland. Diese Kontakte wollte sich CM zu Nutze machen. Er hatte da auch schon so eine Idee … Damit gar niemand von diesem Treppen erfuhr, trafen sich die Aspiranten an einem geheimen und für die Öffentlichkeit nicht einsehbaren Ort; fast wie in einem Krimi oder gar bei der Mafia!

Das Gespräch zwischen dem Chef der Cosmek und dem Friseurmeister verlief für beide zufriedenstellend. CM musste teilweise Federn lassen, Martin auch, aber am Ende waren beide glücklich. Martin Richard machte sich sogleich an einen Plan. Er wollte die aufzusuchenden Kontakte nicht nur über die Produkte der Cosmek informieren, sondern gleichzeitig auch die Gesundheitskapseln der Firma Nagesu anbieten. Martin war sehr erfinderisch. Es war allerdings auch eine Aufgabe, die viel Zeit in Anspruch nahm.

Glücklicherweise blieb CM nicht noch länger in Osnabrück. Aus unbegreiflichen Gründen wurden ihm hier immer wieder Steine in den Weg gelegt. Erklären konnte sich Herr Kern das nicht. Immerhin war er der erfolgreiche Geschäftsmann! Sicherlich waren seine Kontrahenten Menschen, die ihm alles neideten. Erfolg war schwer mit Freundschaft in Einklang zu bringen, das hatte CM schon so oft bemerkt. Ohne sich zu verabschieden packte er seinen kleinen Koffer und verschwand aus seinem temporären Domizil in Osnabrück. Er fuhr zurück zu seiner Lebensabschnittsgefährtin in Litauen. Er musste sich dringend um die Produktion der Kosmetik für die Firma kümmern. Und er hatte eine Anfrage auf seiner Website der Akademie erhalten. So ganz nebenbei unterrichtete CM als Privat-Dozent Studenten, die den Beruf des Pharma-Cosmetologen erlernen wollten. Nur bei CM Kern konnte man diese Ausbildung absolvieren. Bisher hatten nur sehr wenige zu ihm gefunden. Er musste unbedingt mehr Geld in die Werbung investieren; das würde sich auf alle Fälle rentieren.

Während der langen Fahrt zurück nach Litauen beschäftigten ihn die Gespräche mit dem Russendeutschen vorrangig. Wenn das klappen würde, dann wären ihm Tür und Tor für die Zukunft geöffnet. Dann noch der Titel des Mannes aus Südafrika, mehr benötigte er dann nicht. Er musste unbedingt mit diesem von Heldenberg sprechen, gleich nach seiner Ankunft zu Hause.

„So, den Haarheini habe ich im Sack. Der kann schön durch die Lande kurven und meine Superprodukte verkaufen. Solche Leute braucht der erfolgreiche Geschäftsmann, der auf dem Weg nach ganz oben ist! Der ist ein ganz schön harter Knochen, bis ich den soweit hatte! Nun lassen wir ihn erst einmal ackern, dann sehen wir schon weiter! Ich bin hier der Boss!"

▉

Ludmilla war hoch erfreut als sie ihren Freund auf den Hof fahren sah. Seine ständigen Auslandsaufenthalte gefielen ihr gar nicht. Sie hatte Angst, dass der Grund für seine Reisen nicht nur geschäftlicher Natur war. Immer wieder sah sie weibliche Namen auf der Kontaktseite dieses Internet-Telefon-Anbieters. Sie wunderte sich schon, dass ihr Carl solchen Schlag bei anderen Frauen hatte. Es machte sie stolz aber auch ängstlich. In Litauen war es gut, wenn man einen starken Mann an seiner Seite hatte. Wenn dieser Mann dann auch noch ein wohlhabender Ausländer war, umso besser.

„Meine Liebe, ich habe dir etwas aus Deutschland mitgebracht!", begrüßte CM seine Frau.

Er drückte ihr eine Plastiktüte in die Hand. Neugierig schaute sie sofort hinein und entdeckte einige ihr völlig unbekannte Lebensmittel. Fragend und mit hängenden Schultern schaute sie zu ihrem Mann, der erklärte:

90

„Das sind alles deutsche Leckereien. Ich zeige dir, wie du sie zubereiten kannst!"

Kopfschütteln ging Ludmilla ins Haus und ließ ihren Carl am Auto stehen.

Zum Abend gab es also nun Sauerkraut aus der Dose, dazu irgendwelche Hartwürste mit einem sehr scharfen Senf. Es war nicht gerade das, was Ludmilla mochte. Aber ihrem Carl schien es zu schmecken, was wollte sie mehr!

Am nächsten Tag fuhr Herr Kern zur Produktionsstelle für seine Kosmetikprodukte. Er orderte weitere Mengen nach und bezahlte mit Bargeld. Durchaus üblich in Litauen! Den Rest des Tages verbrachte der Geschäftsmann am Computer. Kontakte musste man pflegen, sonst konnte man sie leicht verlieren. Eine Art Standleitung hatte CM neuerdings nach Spanien. Die Eröffnung eines neuen Marktes für seine Cosmek war interessant. Leider fehlte ihm aber zurzeit noch das Geld für den Flug. Daran musste er also vorrangig arbeiten. Weitere weibliche Kontakte lieferten ihm jede Menge Möglichkeiten Werbung für seine Antifalten-Produkte zu machen. Frauen waren da immer sehr interessiert und boten ihm die Möglichkeit gleichzeitig von enormen Synergieeffekten zwischen Produkten seiner Cosmek und den Gesundheitskapseln zu schwärmen. Schneller kann man nicht jung aussehen! Eine alleinstehende Frau, die ihm fast hörig zu sein schien, obwohl sie Herr Kern ja erst vom PC kannte, wollte alles für ihn machen. Die teilweise sehr intimen

Gespräche konnte er nur vormittags führen, wenn Ludmilla zur Arbeit war. Sie konnte immer zufällig ins Zimmer kommen, das wäre fatal für ihn. Litauische Frauen sind besonders eifersüchtig! Der Deutschen musste CM dankbar sein, denn diese Gerda war einer ihrer Kontakte gewesen. Es passieren eben Dinge, die sich in das Gute einfügen!

Diese Gerda D. lebte noch gemeinsam mit ihrem volljährigen Sohn bei ihrem Mann. Der war ignorant und gewalttätig. Herr Kern riet Gerda den sofortigen Auszug aus der ehelichen Wohnung. Aufgrund ihres psychischen Zustandes hinterfragte Gerda nichts, sie handelte einfach, wie CM es ihr vorschlug. So landete sie schnell in einer kleinen Absteige auf dem Lande, unweit der alten Wohnung. Glücklicherweise ging sie einer geregelten Arbeit nach und konnte den normalen Lebensunterhalt davon begleichen. CM erklärte ihr, durch den Verkauf seiner Cosmek Produkte würde sie schnell reich werden und könnte sich dann um eine neue Wohnung bemühen. Unbedingt musste Gerda auch die Gesundheitskapseln verkaufen. An jedem seiner Kontakte verdiente Herr Kern mit, darum unterstützte er auch seine Kontakte. Wenn er sich als Arzt vorstellte, war die Akzeptanz um ein Vielfaches höher als ohne diese Berufsangabe. Zukünftig, wenn seine Pläne aufgingen, würde er noch einen weiteren Titel dazu fügen können, der dann absolut keine Zweifel mehr aufkommen lassen würde.

Die Tage und Wochen vergingen und Herr Kern schaffte es, seine Kunden in Sachen Gesundheitskapseln auszubauen! Immerhin konnte er sich schon über einen festen monatlichen Eingang von circa 300 – 400 Euro freuen. Geld, was in Litauen viel mehr Wert hatte als in Deutschland!

„Wann ich wohl das Geld für den Flug nach Spanien zusammen habe? Die haben schon Leute gefunden, mit denen wir da arbeiten können. Ich muss sehen, dass ich noch mehr Kapseln verkaufe! Und für das neue Projekt brauche ich auch jede Menge Geld! Schade, dass Ludmilla keine Kohle hat, das wäre alles viel einfacher! Sie war wohl doch nicht die richtige Wahl! Ich will aber noch bei ihr bleiben, immerhin habe ich ein warmes Dach über dem Kopf, immer etwas auf dem Teller und für den anderen Rest ist auch gesorgt! Ich denke und hoffe, dass es mit dieser Gerda was wird. Einen neuen Kontakt zur Übernachtung wäre nicht schlecht. Langsam geht es mir auf den Geist, immer bei diesem Haarakrobaten zu nächtigen. Seine Frau nervt! Ich will die ja auch nicht von der Arbeit abhalten, sollen schließlich für mich anschaffen!"

Gerda und Carl-Michael telefonierten täglich. Der Inhalt der Gespräche verlief fast immer gleich. Herr Kern säuselte rum, versuchte diese Frau gefügig zu machen, dann kamen die Kapseln und dann die Cosmek. Gerda war blind, sie sah in ihrem neuen Kontakt eine ganz große Chance auf ganz viel Geld!

„Wenn du wieder nach Deutschland kommst, du kannst ja auch bei mir wohnen!", erklärte sie und ihre Stimme hatte dabei einen viel zu schmalzigen Ton.

„Schau, ich habe zwar nur ein Zimmer, aber dafür ein breites Bett!"

Herr Kern war sich klar, diese Nuss hatte er geknackt. Eine Flasche Krim-Sekt sollte als Mitbringsel reichen, den Rest würde er schon in Naturalien abbezahlen! Während dieser Gedanken setzte er ein ganz fieses Grinsen auf, glücklicherweise konnten weder Gerda noch Ludmilla sein Gesicht sehen und seine Gedanken lesen!

Die Produktion seiner kosmetischen Produkte war beendet. Der ganze Kram in Kartons verpackt und bereits mit einem Bekannten, der regelmäßig Waren für eine Spedition transportierte, nach Deutschland unterwegs. Die Waren landeten in der Garage seines Kontaktes, der für den Versand verantwortlich war. Von dort aus erfolgte dann der Versand an die Kunden in Europa. Dass die Firma eigentlich den Hauptsitz in England hatte, die Waren aber immer aus Deutschland kamen, erklärte Herr Kern, wenn mal eine Nachfrage kam, weltmännisch mit einer Steuerlist!

Nur bei Firmen mit Sitz in England muss der Empfänger keine Mehrwertsteuer bezahlen. Das ist ein Sonderabkommen in England! Klar, bei den Umsätzen lohnt es sich für die Kunden. Er erklärte es immer wieder, bei Nachfragen drehte er sich um, wiederholte den Kern mit anderen Worten. Wenn ein Kunde dann immer noch nicht zufrieden war, kam meist die Bitte, doch den eigenen Steuerberater zu befragen, da er ja Geschäftsmann und kein Steuerfachmann sei.

Die Anfrage eines eventuellen Studenten hatte sich zerschlagen. Die Kosten waren dem jungen Mann zu hoch. Herr Kern berechnete für die Ausbildung zum Pharma-Cosmetologen in der Regel 4.800 €. Nur in Einzelfällen ließ er mich sich sprechen und verhandelte nach. Allerdings nur bei Frauen, die ledig und willig waren!

Das wäre genau das Geld gewesen, was er für die Reise an den Atlantik gebraucht hätte, ging es ihm durch den Kopf!

Unglücklicherweise war auch der Herr von Heldenberg nicht bereit ohne Zahlung eines Geldbetrages einer Adoption zuzustimmen. Aber ohne diese Adoption kam Herr Kern nicht an den Adelstitel, der ihm so wichtig war. Irgendwie lief das alles nicht so, wie es sollte. In einer ruhigen Stunde, eine Schachtel Zigaretten in der Hand, ein Feuerzeug in der Hosentasche ging CM in den verwilderten Garten des Anwesens. Er wollte nachdenken. Er wollte alleine sein, denn dann kamen ihm immer die besten Einfälle.

Nach einer Stunde war die letzte Packung leer. Die Kippen lagen alle aufgehäuft im Gras. Die leere Schachtel kickte CM mit dem Fuß weg. Da hatte er die Idee!

Sofort ging er an den PC um seine Kontakte zu pflegen. Gerda war natürlich begeistert von ihrem Schwarm zu hören. Sie konnte es gar nicht glauben, der studierte Mann, Arzt, Diplomierter Cosmetologe und dazu noch Mann von Welt, wollte mit ihr Kontakt pflegen. Vielleicht ging da ja auch noch mehr ...?

Wie durch ein Wunder erhielt Herr Kern an diesem Abend einen Anruf seines Geschäftskontaktes Martin Richard. Er wollte jetzt, um auch in Zukunft noch besser und effektiver arbeiten zu können, die Ausbildung zum Pharma-Cosmetologen absolvieren. CM machte einen Sprung an die Decke. Damit waren nun erst einmal alle finanziellen Sorgen aus der Welt geschaffen. Die erforderlichen Unterlagen waren schnell zusammengestellt. Alles lag auf dem Computer des Herrn Kern. Per Mail schickte er noch am selben Tag die Studienunterlagen an den Friseurmeister. Martin Richard erklärte sich bereit, die Gebühren für die Ausbildung in drei Teilraten zu überweisen, den ersten Betrag in Höhe von 1.500 € noch am selben Tag!

Und auch bei dem Verkauf der Cosmek-Produkte war der Haarakrobat, wie ihn CM jetzt immer nannte, sehr erfolgreich gewesen. Bisher hatte er fünf Salons gefunden, die bereit waren, ab jetzt und in Zukunft ihre Kunden mit Cosmek-Produkten zu pflegen und zu verwöhnen. An diesem Abend und nach diesem Gespräch stellte Herr Kern eine Flasche Krim-Sekt auf den Tisch. Er wollte mit seiner Ludmilla feiern! Und dann musste er ihr klarmachen, dass nun der Reise nach Spanien wohl nichts mehr im Wege stand.

⬛

Neben dem doch sehr innigen Kontakt zu Gerda verfestigte sich nun auch der geschäftlich Kontakt nach Spanien. Allerdings musste Herr Kern hier andere Geschütze auffahren. Alleine mit Worten und Titeln konnte er bei dieser Frau nicht punkten. Geld allerdings, das ist bekannt, regiert überall die Welt …

Ein Angebot, dass Herr Kern der Deutschen in Spanien unterbreitete, ließ sie zumindest ins Grübeln geraten! Damit hatte er ja schon eine Menge erreicht. Es erfolgte nicht sofort eine Zusage, damit hatte er auch nicht gerechnet. Aber auch hier dachte er, der Spruch: -Steter Tropfen höhlt den Stein- würde zum Erfolg führen.

Zuerst konzentrierte er sich, den Start der Cosmek für Spanien vorzubereiten. Eine neue Website wurde eingefügt, allerdings bisher ohne Text. Spanisch sprach Herr Kern nicht. Aber dafür würde sich schon später eine adäquate Lösung finden.

Durch immer neue Kontakte, die mit diesen Kapseln arbeiten wollten, erhöhte sich der monatliche Auszahlungsbetrag der Firma Nagesu auf immerhin 500 Euro. Im laufenden Monat hatte er außerdem einen ganz guten Verkauf mit seinen Cosmek-Produkten erzielt, dazu die erste Rate für die Ausbildung des Haarakrobaten, sodass er es riskieren konnte, nach Spanien zu fliegen. Wenn er den Flug so legte, dass die Auszahlung der nächsten Rate in den Zeitraum seines Aufenthaltes käme, würde er es finanziell schon schaffen. Für die Unterkunft und die Verpflegung, so sein Ziel, musste er nichts zahlen. Er würde kostengünstig bei dem Ehepaar unterkommen. Da sie dort in Spanien über ein eigenes Haus verfügten, sollte auch das Essen nichts kosten! Bei seinem nächsten Gespräche über Skype berichtete er, nun demnächst nach Spanien zu fliegen. Vorher wollte er aber auf alle Fälle noch dieses Geschäft mit der Deutschen abwickeln. Er versuchte durch einen geschickten Schachzug das Interesse zu schüren.

„Ich wollte dir noch mal berichten, wenn du noch mitmachen möchtest, bei dem Geschäft mit den 500 €, dann müsstest du dich noch in dieser Woche entscheiden!", erklärte er beiläufig in einem dieser Skype-Gespräche.

„Das Angebot der Versicherung läuft aus. Ich kann nur noch in dieser Woche Geld anweisen. Wann das wieder aufgenommen wird, ist nicht vorher zu sagen", erklärte Herr Kern der Deutschen.

Sie war weiterhin skeptisch, aber durchaus interessiert. Herr Kern hatte ihr bis ins Detail erklärt, dass er als Diplomat mit einem Mittelsmann bei einer großen Versicherung zusammen arbeitete. Damit die Versicherungen große Mengen an Schwarzgeld weiß waschen könnten, bedienten sie sich der Mittelsmänner. Diese schlossen unter ihrem Namen eine Police ab, zahlten einen vorher vereinbarten Betrag als Einmalzahlung ein. Nach etwa drei bis vier Monaten wurde die Police geschlossen und es kam ein Betrag von mehreren Hunderttausend Euro zur Auszahlung. Wie in der Police vereinbart blieb dann ein Teil, der Hauptteil des Geldes in der Versicherung, weiß gewaschen. Der andere Teil ging als legale Auszahlung an die Mittelsmänner. Dabei wurden nach seiner Aussage aus den 500 Euro 10.000 €. Ohne, dass ein Risiko bestehen würde.

„Schau, was glaubst du, mit welchem Geld ich meine Forschungen betreibe? Demnächst kommt ein neues Produkt auf den Markt. Bis das soweit ist, gehen Monate, manchmal Jahre ins Land. Das kostet Geld! So viel verdiene ich noch nicht mit den Produkten. Da kommt mir dieses Angebot genau richtig. Ich habe es in den letzten drei Monaten schon mehrfach genutzt. Ich habe einmal 500 € und zweimal 1.000 € überwiesen!", erklärte er der Deutschen mit der nötigen Seriosität.

„Schau, das kann nicht jeder. Klar, darüber darfst du auch nie sprechen! Nur ein ganz kleiner Kreis weiß darüber etwas. Ich als Diplomat genieße da eben volles Vertrauen. Und ich vertraue dir, sonst würde ich dir das nie erzählen! Ich komme in Teufels Küche, wenn das rauskommt!"

Aber auch heute sagte die Deutsche noch nicht zu. Sie wollte noch mindestens eine Nacht darüber schlafen. Herr Kern gewährte ihr diese letzte Nacht und erklärte, am morgigen Tag müsse er aber eine abschließende Aussage habe. Denn das Geld müsse ja auch noch fristgerecht auf dem Konto der Versicherung eingehen. Um sie zu beruhigen und auf der sicheren Seite zu wiegen, schickte Herr Kern der Deutschen eine Kopie seines Diplomatenausweises per Mail zu.

„Ich fliege Anfang der nächsten Woche nach Afrika. Wir werden uns dann sicherlich eine Woche nicht sprechen können!", legte Herr Kern nach.

„Was willst du denn in Afrika?", wollte Bettina wissen, er hat Neugierde geweckt.

„Ich führe die letzten Gespräche wegen der Klinik. Ich eröffne in Afrika eine Klinik. Ich habe jede Menge Sponsoren, es kann ja nicht sein, dass die Menschen im Kongo schlechter versorgt werden, als in Europa. Das ist ein ganz großes Projekt!", prahlte CM.

„Du hast noch gar nichts darüber berichtet, sonst erzählst du immer alles. Das wundert mich", bemerkte die Deutsche.

„Ich darf darüber auch nicht sprechen. Ich wollte es nur dir sagen, damit du dich nicht wunderst. Nachher vermutest du noch, ich hätte mich mit deinen 500 Euro abgesetzt", erklärte CM und lachte dabei sehr laut.

„Ich habe schon den Koffer gepackt. Ich bin öfter in Afrika, habe mir schon Leinenanzüge gekauft, schon vor den letzten Reisen. Es ist ja sehr heiß und sehr feucht, und man kann ja nicht in der Badehose rumlaufen. Der Präsident ist immer sehr erfreut, wenn ich anreise. Ich bekomme dann den VIP-Status, erhalte einen Wagen mit Fahrer, eine Unterkunft im gesicherten Bereich des Palastes und alles ist kostenfrei. Ich muss noch mal runter, da noch Kleinigkeiten zu besprechen sind. Das geht schon seit Monaten hin und her! Ist ein Riesenprojekt!", fügte Herr Kern seiner Ausführung noch hinzu.

Am nächsten Tag willigte die Deutsche ein. Nicht zuletzt weil ein Mann, der ein selbstständiger Geschäftsmann mit einer Firma in England, einem Haus in Vilnius und einem blauen Diplomatenpass und einem Klinikprojekt in Afrika absolut vertrauenswürdig war! Sie überwies Herrn Kern 500 Euro auf sein Konto bei einer Sparkasse in Deutschland.

Mit der Buchung seines Fluges wollte CM noch einige Tage warten, bis das Geld auf dem Konto war. Das erklärte er der Deutschen allerdings nicht.

„So, die Deutsche habe ich im Sack! Und das Geld ist auch schon auf meinem Konto. Irgendetwas müsste ich mir noch mal überlegen, um noch aktuell etwas Neues auf den Markt zu bringen. Nur mit neuen Ideen ist Geld zu machen! Vielleicht fällt mir noch etwas ein, bevor ich nach Spanien fliege. Ich bin erstaunt, die hat ja schon einige Willige zu den Nagesu-Kapseln gebracht. Schauen wir mal, was wir daraus machen, oder besser gesagt, mal sehen, was ich da raushole!

Vorher telefonierte Herr Kern wieder einmal mit seinem Friseur in Osnabrück. Überschwänglich erkundigte sich CM, wie weit er denn mit den neuen Cosmek-Produkten wäre. Hocherfreut erfuhr er, dass Martin bereits unzählige Gespräche mit großen Salons geführt hatte, bis kurz vor die schweizerische Grenze war er gefahren! Und alle waren hocherfreut und total begeistert. Martin hatte dann den Erstauftrag per Fax an das Lager in Deutschland geschickt. Von dort ging die Ware mit den Rechnungen an die Kunden.

„Sag mal, CM, du hast mir gar nicht gesagt, dass du bereits in dem Salon der Frau Krämer in Singen gewesen bist? Ich habe die Produkte vorgeführt, mir sehr viel Mühe gegeben. Sie war nicht erstaunt, sondern sogar extrem still. Irgendwann fragte sie mich dann, ob dir die Firma gehören würde? Sie beschrieb dich, sehr genau sogar! Es gab keinen Zweifel, sie kannte dich. Warum sagst du mir nicht, dass du bereits bei Frau Krämer vorgesprochen hast? Ich hatte dir alle Termine per Mail geschickt. Was spielst du für ein Spiel mit mir?", fragte Martin sehr aufgebracht.

Herr Kern am anderen Ende der Leitung war zunächst überrascht. Aber er wäre nicht CMK, wenn er nicht sofort eine Ausrede parat gehabt hätte!

„Ich habe deine Mail nicht erhalten! Martin, ich hätte dich natürlich sofort informiert! Wie war der Auftrag?", wollte er mit gleichem Atem wissen.

„Du tickst nicht richtig! Du wirst aus dem Salon geworfen, im hohen Bogen, wie mir Frau Krämer erklärte, aber du fragst nach der Höhe des Auftrages? So dreist muss man sein! Ja, ich habe einen Auftrag mitgebracht! Du wirst es ja sehen, nicht gerade klein! Die Rechnung für Benzin, Hotel und Verpflegung schicke ich auch los, kannst du gleich mit der Provision zusammen überweisen", forderte Martin seinen Cosmek-Chef auf.

CM sagte zu, er würde sofort überweisen. Martin vertraute Herrn Kern, er betrieb weiter fleißig seine Akquise. Und Martin Richard war erfolgreich. Salon nach Salon kaufte und bestellte beim ihm, nachdem er alle Chefs aufsuchte und eine Präsentation der Produkte arrangierte! Dann hatte Martin einen ganz dicken Fisch an der Angel. Auf Umwegen hatte er Kontakt zu einem Unternehmensberater erhalten, der sich schwerpunktmäßig auf die Betreuung von Friseuren spezialisiert hatte. Der Mann betreute mehrere hundert Kunden! Das waren alles potentielle Cosmek-Kunden! Und der Mann war sehr interessiert, er vereinbarte sofort einen Termin, zu dem dann aber besser der Chef der Firma direkt fahren sollte. Leider hat dieses Gespräch nie stattgefunden, denn Herr Kern hatte den Termin geschäftsmäßig vergessen! Man könnte auch sagen, er hatte ihn verschlafen! Darüber war Martin nicht gerade erfreut, auch ihm gingen dadurch Gelder durch die Nase! Aber er gab noch nicht auf. Mit absoluter Überzeugung, die Produkte waren seiner Meinung nach gut, startet er einen weiteren Versuch mit einem wirklich guten Kontakt, den er schon seit Jahren in Australien pflegte. Damit der Verbandsvorsitzende der Friseure im Vorfeld einen ersten Eindruck über die Wirkung der Produkte erhält, sagte CMK zu, ihm ein Päckchen mit Originalprodukten zu schicken. Die Ware kam allerdings nie in Australien an! Das lag natürlich nicht an der Post, sondern es lag daran, dass CM das Paket nie losgeschickt hatte. Natürlich war auch dieser Kontakt gescheitert, denn mit einer Firma, an dessen Spitze ein so unzuverlässiger Chef saß, wollte einfach keine Firma arbeiten – weder in Europa noch in Australien!

Martin war sehr verärgert darüber und schickte CM erneut eine Mail. Das klappte, Herr Kern meldete sich umgehend. Er lamentierte und hatte jede Menge

Ausreden parat: Das Paket ist verlorengegangen, es sei auch schwierig die Produkte nach Australien zu schicken, da müsste ja erst eine neue Zulassung erfolgen.

„Was mich aber viel mehr interessiert, wann denkst du denn daran, mir mein Geld zu überweisen? Ich habe jede Menge Neukunden angeschafft, die haben bestellt, ich bin gefahren und gefahren. Wann kommt mein Geld?"

„Lieber Martin, ich muss sich noch um etwas Geduld bitten. Ich hatte diesen Monat so viele Ausgaben, ich habe Ware produziert, ich trete da immer in Vorkasse, sonst machen die Säcke gar nichts. Wenn die nächsten Kunden überweisen, dann bekommst du dein Geld. Ich verspreche es dir! Es ist das Versprechen eines Ehrenmannes!"

Martin konnte sich ein Lachen nicht verkneifen. Ein Ehrenmann, darunter stellte sich der Friseurmeister aber ganz sicher etwas anderes vor. Am Abend besprach er gemeinsam mit seiner Frau, wie er sich weiter verhalten wolle. Sie beschlossen die Akquise erst einmal ruhen zu lassen. Genaugenommen hatte Martin auch gar keine Zeit mehr dafür. Er stecke in den Unterlagen zur Ausbildung des Pharma-Cosmetologen. CM hatte ihm zwischenzeitlich alle Studien - Unterlagen per Mail geschickt und er konnte also zum Abschluss kommen. Zu lange wollte er sich damit nicht aufhalten. Beim nächsten Besuch sollte noch etwas Praxis erfolgen, Handgriffe und Anwendungstechniken.

Dann erfolgte auch schon die Prüfung, die natürlich Herr Kern als Akademieleiter vornahm. Danach hatte er dann auch wieder mehr Zeit sich um andere Dinge zu kümmern.

„Hoffentlich fragt dieser Haarakrobat nun nicht immer wieder nach seinem Geld. Wegen so ein paar Kröten kann man doch nicht so einen Aufstand machen. Ich muss mich um die wirklich wichtigen Dinge kümmern! Mein steiler Weg nach oben – das ist wichtig. Und Gerda, die leckt sich ja schon selbst, wenn sie mich nur reden hört! Vielleicht sollte ich noch mal zu ihr fahren, die könnte ja auch sonst Dinge für mich erledigen! Warum eigentlich nicht? Tippen kann die Schlampe, arbeitet ja wohl im Büro! Gute Idee, ich werde mal sehen, was man noch auf dieser Reise so erreichen kann!"

Schnell wollte Herr Kern seinen Plan nach Deutschland zu reisen umsetzten. Das war allerdings nicht ganz so leicht. Er benötigte dazu einen triftigen Grund, immerhin musste er Ludmilla davon überzeugen. Und dann benötigt man für eine solche Reise Geld! Es kamen durch den Verkauf der Gesundheitskapseln monatlich immerhin etwa 400 bis 500 Euro auf das

Konto. Eine Reise nach Deutschland, noch dazu mit einem solchen Sprietfresser kostete mehr! Da war ein Anruf bei dem Mann im Büro Deutschland fällig! Vielleicht waren noch Rechnungen offen, dann musste man halt mal Mahnungen schreiben oder anrufen! Während Herr Kern darüber nachdachte, kam ihm wieder einmal eine glorreiche Idee. Er musste schnell nach Deutschland, jetzt mehr denn je!

Ludmilla schluckte die Erklärung, ein Großkunde für die Cosmek wollte unbedingt den Inhaber sprechen. Außerdem erklärte er seiner großen Liebe, wie er sie manchmal nannte:

„Ich muss nach Deutschland. Ich habe eine Nachricht des Botschafters der Schweiz erhalten. Er möchte mich unbedingt in Berlin treffen. Es soll eine Spezialaufgabe für mich bereitliegen. Klar ist, man kann darüber weder am Telefon noch per Mail reden! Das ist absolut geheim! Ich muss also reisen. Übermorgen geht es los. Ich habe mir überlegt, dass ich dieses Mal mit der Fähre fahren werde. Sie legt am Montag um drei Uhr nachmittags ab und ich bin am Dienstag dann schon ganz entspannt gegen Mittag in Kiel. Das Auto geht mit auf die Fähre. Ich muss also rechtzeitig los, damit ich pünktlich in Klaipėda am Hafen bin. Der Spaß kostet mich zwar etwa 330.- Euro, aber so kann ich die Fahrt über schlafen!"

Ludmilla war das nur recht, sie hatte immer Angst, wenn ihr Liebling diese langen Strecken mit dem Auto fuhr. Ludmilla kannte sich nicht gut außerhalb Litauens aus, sonst hätte sie bestimmt bemerkt, dass Berlin nicht unbedingt in der Nähe der Stadt Kiel liegt! CM hatte sich darüber aber gar keine Gedanken gemacht, da er wusste, danach würde seine Ludmilla nie fragen. Am Sonntag wurde bereits der Wagen vorbereitet und Herr Kern fuhr rechtzeitig los, damit er die Abfahrt der Fähre nicht verpasste. Man konnte für die Überfahrt verschiedene Klassen und Kabinen buchen. Leider hatte Herr Kern sich erst sehr spät zu dieser Reise entschlossen, er musste also glücklicherweise mit einer Zwei-Bett-Innen-Kabine vorlieb nehmen. Seinen alten Diplomatenkoffer verstaute er oben im Netz, die Reisetasche unter der Bank in der Kabine. Jetzt konnte er nur warten, wer sich wohl zu ihm gesellen würde? Mit Glück würde er alleine bleiben, oder es kam ein reicher Mann, dem er seine Produkte andrehen konnte! Aber, es kam ganz anders! Das stetige Schaukeln der Fähre machte CM müde, er klappte also die Bank runter und machte so ein Bett daraus. Er wollte sich nur etwas hinlegen. Da klopfte es an der Tür der Kabine und es erschien das Gesicht des Stewards.

„Entschuldigen Sie bitte! Ich habe ein Problem. Vielleicht könnten Sie mir behilflich sein? Es ist mir sehr unangenehm!", er wirkte sehr ängstlich und wagte kaum einen Schritt weiter zu gehen.

„Worum geht es denn?", fragte Herr Kern.

„Alle Kabinen sind ausgebucht. Ein Gast hat eine Doppelkabine gebucht, weigert sich aber, den zweiten gebuchten Gast in seiner Kabine schlafen zu lassen.

Nun weiß ich nicht, wen ich noch um Hilfe bitten könnte. Es ist nur noch dieses Bett hier frei!", erklärte der Kabinensteward und öffnete nun die Tür ganz.

Hinter ihm stand eine Person, die CM allerdings nur von hinten sehen konnte, da sie sich umgedreht hatte. Ihm war es völlig egal, wer da bei ihm schlief, daher erklärte er schnell:

„Immer rein mit dem Herrn! Mir ist es egal. Wir werden uns die Köpfe schon nicht einschlagen!"

Sein fieses Grinsen klang hier durch den engen Raum der Kabine besonders schmutzig. Die Person drehte sich um. Vor CM stand eine junge, gutaussehende Frau mit dunkler Hautfarbe. Herr Kern pfiff viel zu laut und fast wäre der Steward mit der Frau wieder gegangen!

„Na, das ist ja mal eine angenehme Überraschung! Immer rein in die gute Stube!", polterte Herr Kern, er konnte sich gar nicht beruhigen und ihm lief etwas Speichel aus dem Mundwinkel.

„Hallo, ich bin Ana und komme aus Rio de Janeiro", sagte sie kleinlaut und traute sich nicht gleich in die Kabine zu gehen.

„Na Ana, dann komm mal zu mir! Wir beide werden uns die Überfahrt schon nett gestalten", sagte CM und lachte dabei wieder so fies, dass es einem den Schauer über den Rücken trieb.

Ana nahm ihren Koffer, verstaute ihn und setzte sich auf die freie Bank in der Kabine.

„Du bist also aus Brasilien? Was machst du da?", wollte er wissen.

Ana berichtete nun sehr ausführlich, sie sei bei einer großen Firma in Rio beschäftigt, die im Import/Export aktiv sei. Sie würde dort im Büro arbeiten und wäre auf dem Weg zu einem Kunden in Europa. Da diese Reise sehr lang sei, hätte sie gleich ein paar Tage Urlaub eingeplant. CM leckte sich den Mund und sah die Dollarnote, projiziert in den Augen der Schönheit, aber nicht nur das! Sein ganzer Charme wurde gebündelt und dann begann Herr Kern, das ganze Programm abzuspulen! Er stellte sich als erfolgreicher Geschäftsmann vor, berichtete von seiner großen Firma und den weltweiten Kunden. Ganz nebenbei musste er auch berichten, dass ein Ziel seiner Reise Berlin sei. Da er als Diplomat der Sicherheitsstufe Eins zu einem Geheimeinsatz gerufen worden wäre! Es ist doch verständlich, dass CM damit bei dieser jungen Frau aus Brasilien punktete. Sie hatte angebissen. Herr Kern holte sofort das Antifalten - Öl aus seiner Reisetasche. Er öffnete die Flasche und trug es bei Ana im Gesicht auf, obwohl Ana noch gar keine Falten hatte. Erklärungen über die Produkte und die Natur, über Wirkstoffe und vieles mehr flutschten nur so aus ihm hervor. Irgendwann erklärte Ana kleinlaut, sie hätte Hunger und wolle nun schauen, wo es etwas zu kaufen gebe. CM sprang sofort auf und wollte Ana begleiten. Beide gaben sich mit einer Kleinigkeit zufrieden, beide aus demselben Grund – fehlende Mittel! Nach der Stärkung ging man zurück auf die Kabine. CM öffnete erneut seine Reisetasche und zauberte eine Flasche warmen Krim-sekt hervor. Einem angenehmen Abend sollte nun nichts mehr im Wege stehen. Zwei Trinkbecher hatte CM aus dem Imbiss mitgehen lassen, er ließ den Korken knallen und das Gesöff blubberte in die Becher! Damit hatte Ana nicht gerechnet, sie trank leider viel zu schnell und der warme Sekt hinterließ seine Wirkung! Herr Kern schenkte immer wieder und bereitwillig nach, allerdings nur bei Ana. Irgendwann war es dann soweit, Ana hatte die Kontrolle verloren! Darauf hatte Herr Kern gewartet. Er klappte die Bank um und hatte somit das Bett für seine Perle gerichtet. Die Kleider hatte er schnell abgelegt, zuerst seine, dann ihre …

„Wer konnte ahnen, dass ich eine solche Begleitung bekomme? Noch dazu ohne dafür zu bezahlen! Glück gehabt Herr Diplomat. Wer kann mir auch schon wiederstehen? Diese Perle muss ich mir erhalten. Morgen werde ich sie bearbeiten – auf eine andere Weise, wie in der letzten Nacht! Die mach ich so scharf auf Kohle, dass sie gar nicht anders kann. Ana, Ana, du wirst mein Goldesel in Brasilien!"

Ana wurde wach, sie hatte starke Kopfschmerzen. Das Licht, das durch das kleine Bullauge in die Kabine fiel, schmerzte. Langsam begriff Ana, wo sie war. Warum war dieser Mann hier in der Kabine? Was war passiert? Lauter Fragen gingen durch den Kopf der jungen Frau. Herr Kern strahlte seine Ana an und wollte sich ihr gerade nähern, um ihr einen Kuss zu geben. Sie wich zurück und war total verunsichert. Herr Kern erkannte an ihrer Reaktion, dass Ana wohl unter Gedächtnislücken litt. Ein Grinsen glitt über sein Gesicht, das unrasiert und ungepflegt wirkte.

„Ich gehe und hole uns frischen Kaffee und etwas Kleines zum Frühstück", erklärte CM und verließ diskret die Kabine, damit sich Ana ankleiden konnte.

Als er nach zwanzig Minuten zurückkam, saß Ana auf der Bank und hielt sich den Kopf!

„Ich habe auch eine Kopfschmerztablette für dich, wenn du sie mit dem Kaffee nimmst, wirkt sie schneller", erklärte Herr Kern und reichte Ana einen Pappbecher.

Sie schwieg, bis nach dem Frühstück. Dann wollte sie wissen, was sich hier in der letzten Nacht abgespielt hatte. Herr Kern erklärte weltmännisch, es sei ihr plötzlich nach dem Sekt nicht gut gegangen. Dann hatte er sie ausgezogen und ins Bett gebracht –nicht mehr! Das wäre doch Ehrensache.

„Und wir haben uns doch über die Vermarktung der Cosmek-Produkte unterhalten. Kannst du dich daran erinnern?"

Ana bestätigte, das Faltenzeug, das Shampoo, ja daran könne sie sich erinnern. Und dass CM ihr vorgeschlagen hatte, die Produkte in Brasilien einzuführen, kam auch wieder ins Gedächtnis zurück. Herr Kern war erleichtert!

Nachdem die Fähre im Kieler Hafen eingelaufen war, tauschten Ana und Herr Kern die Telefonnummer ihrer Handys aus. Die Idee Brasilien sollte auf alle Fälle in die Tat umgesetzt werden und der Weg dahin, lag auch schon abrufbereit im Kopf des Firmenchefs. CM stieg in sein gepanzertes Fahrzeug und fuhr jetzt erst einmal Richtung Osnabrück!

Der erste Halt galt dem Salon des Martin Richard.

„Schau Martin, ich habe diesen Kontakt und es wird auch nicht zu deinem Schaden sein! Wenn wir es zusammen schaffen, dass diese Brasilianische Perle Cosmek kapiert, dann ist der Markt offen! Weißt du wie viele Menschen in Brasilien leben? Über 190 Millionen! Stell dir nur vor, dass jeder zehnte Einwohner ein Produkt kauft, das sind dann immer noch 19 Millionen, die Alten und Kinder ab, wenn nur die Hälfte bleibt, selbst abgerundet, dann sind das immer noch 8 bis 9 Millionen! Der Umsatz reicht locker für uns beide! Ich brauche dich dazu! Du sollst sie doch nur ausbilden! Eine Woche und sie ist fit für Rio! Die hat es echt drauf, die Perle!", sagte CM verschmitzt und rieb sich sein stoppeliges Kinn mit verdrehten Augen!

„Wie soll das denn gehen? Wann soll sie kommen? Wo soll sie wohnen?", wollte Martin wissen und hoffte, er fand noch einen Weg raus aus der Nummer.

CM lachte so schmutzig und laut, dass Martin einen Schritt rückwärtsging.

„Die Frage, wann sie kommt, mein Lieber, die kann ich dir ganz genau beschreiben. Am besten, du nimmst sie von hinten, denn …", weiter kam CM nicht.

Martin drehte sich um und ließ den Cosmek-Chef wortlos stehen, allerdings drehte er sich am Ende des Ganges noch einmal um:

„Wenn ich noch einmal eine solche Bemerkung hier von dir höre, fliegst du raus, mit allen Cosmek-Produkten! Haben wir uns verstanden? So und nun Butter bei die Fische! Wie soll das gehen?", sagte Martin mit seinem typischen norddeutschen Witz.

„Ich dachte, Ana könnte hier wohnen, bei dir? Du bildest sie aus und dann geht's zurück nach Rio! Ganz einfach", erklärte CM jetzt in sehr sachlichem Ton!

Martin dachte einen Moment darüber nach und stimmte zu. Ein oder zwei Wochen mit einer jungen Frau aus Rio zusammen im Salon, warum nicht? Herr Kern strahlte über sein ganzes ungepflegtes Gesicht!

Am darauffolgenden Montag erschien Ana im Salon des Friseurmeisters in Osnabrück. Sie war wirklich bildschön und erregte schon alleine dadurch Aufmerk-

114

samkeit! Von Haaren, Pflege und Cosmek – Produkten hatte sie keine Ahnung, aber sie war interessiert und sehr lernwillig. Martin brachte es ganz nebenbei auch Spaß die Ausbildung der jungen Brasilianerin zu übernehmen. Es dauerte allerdings etwas länger, als CM es angedacht hatte.

„So, Ana ist in Arbeit! Ich hoffe, der Haarakrobat lässt noch etwas für mich über! Wenn die Perle fit ist, ab nach Rio. Da ist noch Gerda! Die klebt an mir, als hätte ich in Uhu gebadet. So schön ist die auch nicht, dass ich sie nun immer für die Matratzengymnastik haben möchte. Die Perle würde mir da schon eher gefallen, aber die soll man nach Rio gehen! Ich werde jetzt meinen Kurztrip Osnabrück noch mal um einige Tage verlängern. Schade, dass ich so nicht an Ana komme! Sollte ich mir das etwas Frisches besorgen? Mal sehen, gehe gleich mal Online und schau im Netz, sonst werde ich es selbst in die Hand nehmen müssen!"

Herr Kern rief bei seinem Haarakrobaten in Osnabrück an. Er wollte sich nach Ana erkundigen.
„Wo steckst du schon wieder? Du kommst immer nur, wenn es dir in den Kram passt. Du hättest dich gerne

115

an der Ausbildung beteiligen können!", wetterte Martin am Telefon.

„Ich bin geschäftlich in Berlin. Ich habe einen geheimen Auftrag der Regierung übernommen. Mein Lieber, als Diplomat kann man nicht immer so, wie man möchte! Ich bin Referent für besondere Aufgaben, das bringt hin und wieder Sonderaufträge mit sich. Mehr kann ich dir dazu nicht sagen, darf ich auch gar nicht! Es wird noch einige Tage dauern, dann komme ich zurück! Bis dahin, bring der Perle alles bei, aber lass sie heil!", erklärte Herr Kern und hatte dabei schon wieder sein fieses Grinsen aufgelegt.

Martin legte den Hörer auf, er wollte darauf nicht mehr antworten. Immer diese zweideutigen Andeutungen, dass ging ihm auf die Nerven. Sein Salon brauchte seine Aufmerksamkeit und je mehr er sich mit Ana beschäftigte, je früher war sie fit und konnte abreisen!

Ana schlug Martin vor, da waren beide schon fast am Ende ihrer Ausbildung, eine Produktpräsentation in Rio zu veranstalten. Ana wollte jede Menge Friseure einladen und dann sollte Martin mit dem Flieger nach Rio kommen! Das war sehr verlockend! Am Nachmittag dieses Tages saßen Martin uns Ana im Aufenthaltsraum des Salons bei einer Tasse Kaffee beisammen. Ana war glucklich, dass sie bald zurück nach Rio fliegen konnte. Das macht sie etwas redselig und sie fragte Martin, was Herr Kern so für ein Mann sei.

„Herr Kern ist verheiratet, seine Frau hat Brustkrebs und es geht ihr nicht so gut. Sie lebt ja in Litauen, sie hat es sicherlich nicht leicht, wenn der Mann immer unterwegs ist", begann Martin vorsichtig mit seinen Erläuterung.

Ana schaute verwundert zu ihm und stellt gleich einige weitere Fragen:

„Ist er denn wirklich verheiratet?"

Der Friseurmeister erwiderte, er sei sich ganz sicher, er hätte Ludmilla selbst schon kennengelernt.

„Wie macht er das denn, mit den über einhundert Mitarbeitern in diesem Abfüllwerk in Norddeutschland, wenn er immer unterwegs ist?", wollte sie nun wissen.

Martin war verwundert und erklärte ihr ganz ruhig, es gebe kein Abfüllwerk in Deutschland.

„Die Ware wird in Litauen hergestellt. In Deutschland gibt es nur einen einzigen Mitarbeiter, der füllt ab und verschickt die Ware, sonst gibt es keine Mitarbeiter. Du hast bestimmt etwas falsch verstanden, Ana!", stellte Martin in den Raum.

„Und wie oft ist er in der Akademie? Fliegt er regelmäßig nach London zu den Studenten? Wenn da hunderte von Studenten auf ein Seminar mit Herrn Kern warten, das ist doch sehr aufwendig, oder?", fragte sie nun.

Martin konnte kaum noch antworten! Herr Kern hatte da wohl ganz tief in die Trickkiste gelangt! Herr Richard versuchte Ana vorsichtig eine Antwort nach der anderen zu geben, ohne zu großen Schaden anzurichten. Sie verstand es wohl. Als Martin am nächsten Morgen in die Küche kam, war Ana heimlich in der Nacht abgereist. Sie hatte ihre Habseligkeiten

gepackt und das Haus ganz leise verlassen. Martin sah Ana nie wieder. An diesem Morgen stand Herr Kern ahnungslos im Salon.
„Na, wo ist denn meine Perle?“, frotzelte er noch in der Tür!
Martin schaute zu CM, zog ihn in eine Ecke und berichtete, dass sich Ana wortlos verabschiedet hätte. Er berichtet wahrheitsgemäß, was sich am Vorabend ereignet hatte. Herr Kern war entsetzt.
„Wie kommst du dazu? Wie kannst du Privates über mich erzählen?“
Dann verließ er den Salon.

⌘

„So ein Mist! So eine Scheiße! Der hat doch den letzten Schuss nicht gehört! Nichts mit –voll normaaaal! Ich glaube, ich kriege eine Krise! Nun habe ich auch für heute Nacht nichts Passendes! Wenn der Martin nicht Cosmek so gut an den Mann bringen würde, ich hätte ihm schon längst den Kopf umgedreht! Scheiße!“

⌘

Nicht nur Herr Kern war verärgert, auch Ludmilla in Litauen, da ihr Mann immer öfter nicht zu Hause war. Die kurzen Telefonate mit ihm, in der Regel via Skype, waren kein Ersatz für seine Anwesenheit. Er fehlte ihr und Ludmillas Vater bemerkte es natürlich, seine Tochter war gereizt und unausgeglichen. Carl-Michael hatte versprochen am Ende der Woche zurückzukehren. Aber, er hatte schon so viel versprochen!

In Osnabrück durfte Herr Kern sich vorerst nicht mehr blicken lassen. Da fiel ihm seine Gerda ein. Warum also nicht mal eine Reise in die neuen Bundesländer starten? Das schäbige Zimmer in der Pension war schnell geräumt, die Reisetasche gepackt und schon saß Herr Kern in seinem Fahrzeug und fuhr Richtung Berlin. Aus dem Auto rief CM seine Flamme an, sie war hoch erfreut und hatte gleich tausend Ideen, was sie alles anfangen wollte. CM musste sie in ihren Plänen bremsen, denn so lange wollte er auch nicht bleiben. Es sollte eigentlich nur ein Zwischenstopp auf der Heimreise werden.

◧

„Ich muss mir etwas überlegen, damit ich an frisches Geld komme! Immer nur Klein-Klein, das ist nicht das, was ich mir erträumt habe. Zu dumm, dass sich kein weiterer für die Ausbildung zum Pharma-Cosmetologen gemeldet hat. Nur die Magda Thieme, die seit Jahren dabei ist. Und der Martin, mehr

konnte ich nicht gewinnen. Komisch, keiner der anderen Salons ist daran interessiert. Etwas Kohle wäre jetzt sicherlich hilfreich! Der Martin nervt mich, will Geld! Ludmilla will auch Geld, wenn ich zurückkomme! Ich sollte meine Kontakte spielen lassen! Und ich muss unbedingt mit dem Titel weiterkommen – von Heldenberg! Den rufe ich nachher gleich an!"

🎞

Gerda hatte zwei Tage frei genommen, damit sie auch genügend Zeit für ihren Liebsten hatte. Herr Kern wollte jedoch lieber seine Ruhe und ins Internet. Die letzten beiden Tage war das etwas zu kurz gekommen! In der Absteige, in der er genächtigt hatte, gab es keinen Zugang. Ein Internetcafé hatte CM auch nicht gefunden. Die Vorzüge bei Martin Richard zu wohnen waren ihm schon sehr bewusst gewesen.

„Warum hast du denn Urlaub genommen? Es reicht mir, wenn du in der Nacht hier bist!", erklärte CM seiner Gerda, als sie ihm von den freien Tagen berichtete, er leckte dich dabei über seine Lippen.

„Liebling, du bist ja ein ganz schlimmer Finger! Woran du immer gleich denkst! Hörst du mir zu …?", fragte Gerda, denn CM schaute nur auf seinen Bildschirm und tippte Buchstabe an Buchstabe.

Es kam tatsächlich keine Antwort mehr, Gerda verließ den Raum und ging in die Küche.

Herr Kern hatte endlich wieder einen Kontakt zu dem Adeligen in Südafrika hergestellt. Das ziellose Geplänkel sollte jetzt ein Ende haben, CM musste Nägel mit Köpfen machen.

„Was muss ich denn machen, damit ich den Titel bekomme?", fragte Herr Kern sein Gesprächspartner ganz direkt.

Zuerst kam gar keine Antwort, dann ein Lächeln. Der Adelige teile ihm mit, dass er schon eine fünfstellige Summe auf den Tisch legen müsste.

„Wir müssten außerdem Verträge schließen, denn mit der Adoption ist keinesfalls eine Erbfolge eingeschlossen. Wenn du in der Lage bist, sagen wir mal 50.000 € zu zahlen, kannst du dich ja melden."

Herrn Kern klappte die Kinnlade runter. Damit hatte er nicht gerechnet. Beide beendeten das Gespräch und CM knallte mit der Faust auf den Tisch! Seine Laune hatte den Tiefpunkt erreicht. Nichts gelang ihm und das machte Herrn Kern wirklich böse. Es war jetzt wohl doch an der Zeit die letzten Reserven des Geldes flüssig zu machen und nach Spanien zu fliegen. Vorher aber ging die Fahrt mit seinem gepanzerten Fahrzeug zurück nach Litauen. Ohne Übernachtung fuhr Herr Kern, getrieben von dem Wunsch endlich Geld zu verdienen, nach Vilnius zurück. Leider vergaß er auf der Rückfahrt eine Kleinigkeit als Geschenk für seine Ludmilla einzukaufen – ein fataler Fehler! Frauen können da sehr nachtragend sein. Sie Fahrt verlief ohne Zwischenfälle und am späten Nachmittag kam Herr

Kern endlich bei seiner Familie an. Ludmilla lief ihrem Schatz entgegen und freute sich so sehr, ihn endlich wieder in ihre Arme schließen zu können, dass ihre Tränen über ihre Wange liefen. Gemeinsam gingen sie ins Haus und, wie immer nach einer Reise, blieb Ludmilla bei CM stehen und schaute beim Auspacken des Gepäcks zu. Auf die Überraschung musste sie heute vergeblich warten, es gab kein Mitbringsel! Sie ging wortlos hinaus und ließ auch die schmutzige Wäsche auf dem Boden liegen. Herrn Kern war das egal, er kickte die Sachen einfach mit dem Fuß weg. Jetzt musste zuerst der PC eingeschaltet werden und die Post sondiert werden. Dann, wenn es die Zeit zuließ, würde er seine Finanzen überprüfen und sich um die Reise in den Süden Europas kümmern.

✠

„Jetzt gibt es nur noch eine Möglichkeit, ich muss mehr für diese Gesundheitsdinger machen und ich muss den Vertrieb der Cosmek vorantreiben! Hoffen wir mal, dass die Blöde in Spanien mitmacht. Dann könnte man auch noch gleich in Spanien Plan B öffnen. Wäre doch gelacht, wenn das nicht klappt! Ludmilla hat wohl auch den letzten Knall nicht gehört? Was denkt die sich? Lässt mich hier stehen, als wäre ich der letzte Depp! Die wird schon sehen, was sie davon hat!"

Herr Kern hatte nach dem richtigen Argument gesucht, um seiner Ludmilla die bevorstehende Reise schmackhaft zu machen. Die Eroberung eines neuen Marktes für seine Produkte, das musste reichen. Er dachte sich, der Winter war lang und kalt, jetzt war die richtige Zeit für eine Reise in die Wärme. CM schaute sich im Internet nach preisgünstigen Flügen um. Aber unter 150 € war da wohl nichts zu machen. Eigentlich war ihm das zu viel Geld, aber wenn er seine Firma Cosmek in Spanien aufbauen wollte, blieb ihm nichts anders übrig. In einem sehr langen Gespräch mit der Deutschen bereite er alles vor. Zwei Spanierinnen sollten die Vermarktung der Produkte in Salons und bei Privatleuten vornehmen. Herrn Kern war es besonders wichtig, dass die beiden Frauen gut aussahen und dass sie die Landessprache beherrschten. Alles andere, was sie wissen mussten, würde er ihnen schon beibringen.

„Also, pass auf, die beiden Mädels sollen Termine machen, bis der Knoten platzt. Wir können gar nicht genug beackern, jeder Salon, der Kunden hat, ist gut für uns!", erklärte CM seiner Deutschen am Skype-Telefon.

„Ich habe auch schon nach passenden Flügen geschaut. Ich kann die verbilligt über einen Vermittler buchen, der Diplomaten einen Rabatt gewährt. Wie sollten wir

sonst kostengünstig in der ganzen Welt umherfliegen?",
fragte CM, ohne auch nur auf eine Antwort zu warten.

Er wollte hiermit nur klarstellen, was man so als
Diplomat alles für Vergünstigungen bekommt.

„Ich würde am 16. des Monats ankommen und am 6.
wieder zurückfliegen", erklärte er ohne Umschweife.

„Das sind ja drei Wochen!", erklärte die Deutsche
schon etwas verwundert.

„Na ja, wenn wir etwas bewirken wollen, zehn Termine
pro Woche sollten wir schaffen. Dazwischen mal ein
Ruhetag, ich dachte schon, dass wir 25 bis 30 Friseure
beackern in der Zeit. Sonst lohnt sich der ganze
Aufwand ja nicht. Was hattest du dir denn vorgestellt,
Bettina?"

Das war also ehrlich das erste Mal, dass CM die
Deutsche nach ihrer Meinung fragte. Sie stimmte zu
und so nahm das Geschehen seinen Lauf.

„Ich habe hier gerade die Buchung vor mir auf dem
Schirm. Aber leider benötige ich meine Kreditkarten-
Nummer."

„Wo ist das Problem?", fragte Bettina neugierig.

„Meine Brieftasche liegt im Auto. Bis ich jetzt runter
bin, über den Hof zum Auto und wieder zurück, ist die
Buchung weg. Man muss das sofort eingeben. Kannst
du mir nicht eben deine Nummer geben? Ich buche dir
den Betrag sofort auf dein Konto. Du kennst mich ja!"

So richtig gut fühlte sich Bettina damit nicht. Aber sie
schickte CM ihre Visa-Daten per Skype. Verbal sollte
man solche Daten nicht schicken, hatte CM ihr oft

genug erklärt. Er würde auch bei Skype regelmäßig abgehört werden. Um kein Risiko einzugehen und um die Spione zu verwirren, forderte er Bettina ab und zu auf, ihm ihre Liebe, rein platonisch natürlich, zu bestätigen. Seine Erklärung dazu war, wenn die Lauscher das Wort Liebe hörten, dann klinkten sie sich aus den Gesprächen aus und sie konnten ungestört weiter telefonieren!

Jetzt waren also Hin- und Rückflug gebucht. Es ging mit dem Auto von Vilnius nach Frankfurt/Hahn. Dort hatte CM eine Übernachtung in einem dieser Billighotels gebucht und ließ seinen Wagen dort stehen. Am nächsten Tag ging dann der Flug ab Hahn nach Jerez de la Frontera. CM teilte Bettina die Ankunftszeiten mit. Verwundert darüber, dass der Diplomat mit einer Maschine der Ryanair flog war Bettina jedoch zuerst nicht. Sie selbst war noch nie mit Ryanair geflogen und konnte sich daher kein Urteil erlauben.

Nach der Rückkehr aus Afrika meldete sich CM in einem Telefonat bei Bettina. Er erklärte ihr, dass das Projekt des Klinikbaus in Afrika leider gescheitert wäre. Alle Beteiligten hätten sehr genau überlegt und geprüft. Da aber leider die politische Lage zurzeit viel zu unsicher wäre, seien einige der größten Sponsoren abgesprungen. Damit sei das Projekt gescheitert.

„Ich habe aber noch einige Sponsoren im Boot. Ich habe da schon eine neue Idee, die auch Zuspruch findet. Das werde ich euch aber erst in Spanien berichten. Am Telefon kann ich darüber noch nicht reden – geheime Sache!"

Die beiden spanischen Frauen, Carmen und Isabella versuchten derweil schon in der Nähe ihrer Stadt Salons zu kontaktieren. Das war allerdings gar nicht so einfach, wie CM sich das vorgestellt hatte. Zum einem kamen die beiden Frauen so gar nicht aus dem Fach, hatten also keine Vorstellung von dem, was die Cosmek verkaufte. Klar, sie hatten sich die Produkte auf der Website der Firma angeschaut. Aber das alleine reichte auch nicht. Artikelbezeichnungen wie C3 und KR 1 waren nicht gerade aussagefähig. Ihre fehlende Kompetenz blieb also auch den Chefs und Ansprechpartnern in den Salons nicht verborgen. Glücklich war Isabella darüber, dass sie selbst mit einer Saloninhaberin befreundet war. So konnte sie schon einen Termin vorweisen. Und auch Carmen hatte natürlich einen Salon, zu dem sie regelmäßig zum Schneiden ging. Das war also der zweite Termin. Während eines Bummels durch eine Fußgängerzone in einer Nachbarstadt ihres Wohnortes erblickten die beiden Frauen einen Haarsalon. Kurzerhand besuchten sie den Salon und bekamen die Möglichkeit ihre Produkte zu präsentieren. Das war also Termin Nummer Drei. Es gab noch Nagelstudios und Schönheitssalons. Aber die bevorstehende Krise

126

hatte schon Wirkung gezeigt. Noch dazu der Sommer in Spanien. Man verbrachte seine Zeit am Meer, nicht im Schönheitssalon und auch nicht beim Friseur. So kämpften sich die beiden Frauen von Salon zu Salon, leider jedoch mit immer einer neuen Absage. Das allerdings teilten sie auch Bettina nicht mit, die als Chefin der neu zu gründenden Firma fungierte. Es war ja auch noch massig Zeit, der Deutsche Firmeninhaber sollte ja erst in drei Wochen landen!

Die beiden Frauen erhofften sich von ihm einen Neustart in ein reicheres Leben. Carmen war gerade von ihrem Mann getrennt, sie wohnte bei ihren Eltern und die hatten ganz andere Pläne mit ihrer erwachsenen Tochter, Carmen war Anfang Dreißig. Sie sollte bei einem Versicherungs-Makler arbeiten. Eine Hand wäscht die andere, so hatten der Vater und der Chef des Maklerbüros ein Abkommen getroffen. Einzelheiten wurden natürlich nicht berichtet. Und Isabella hatte auch schon alles versucht um „gutes" Geld zu verdienen. Zurzeit arbeitet sie am Flughafen von Jerez de la Frontera, als Bodenpersonal. Sie sprach Spanisch, Deutsch und Englisch, war also qualifiziert die Ausweise der Touristen zu überprüfen und ihnen ihre Bordkarte zu überreichen.

Und Isabella war es auch, die eine glorreiche Idee hatte. Sie erklärte Bettina, sie werde Herrn Kern am Flughafen in Empfang nehmen, durch die hintere Schleuse führen und ihn so schneller durch die Kontrollen bringen. So wie es sich für einen Diplomaten gehörte.

Ihr Engagement wurde jedoch im Keim erstickt, als sie erfuhr, dass Herr Kern mit einer Maschine der Ryanair in Andalusien landen würde. Sie äußerte sich sehr kritisch und Bettina hatte darauf natürlich auch keine richtige Erklärung. Beide kamen überein, dass es Herrn Kern sicherlich gar nicht wichtig wäre, wie er fliegen würde, alleine die Ankunft und die neuen Aufgaben in Spanien wären ihm wichtig. Dabei beließen es die beiden, Herr Kern allerdings würde nicht mehr als VIP empfangen werden. Wie erfolgreich die beiden Spanierinnen bei der Terminplanung waren, behielten sie lieber für sich. Und es war ja auch noch Zeit genug, bis der Deutsche anreiste...In Spanien gehen die Uhren eben anders.

∎

„Schade ist ja nur, dass ich Gerda nicht mit nach Spanien nehmen kann. Das wäre doch eine tolle Gelegenheit sich auch die Nächte unter blauem Himmel etwas angenehmer zu gestalten! Aber wenn das Geschäft da gut anläuft wird sich noch eine neue Möglichkeit bieten. Dann eben beim nächsten Besuch! Hoffentlich haben die da nicht so eine Baracke! Etwas Komfort sollte ja schon sein, man ist es ja schließlich so aus Deutschland gewohnt. Wenn nicht, dann muss ich mich halt für den nächsten Besuch an anderer Stelle einquartieren! Da findet sich sicherlich etwas. Hauptsache die Kohle stimmt beim Geschäft. Vielleicht kann man auch noch mit den Gesundheitskapseln was machen, besser

zwei Kontakte in Spanien – ich will schließlich die Spesen für das Land kassieren!"

Gerda in Deutschland war enttäuscht. Sie hatte so sehr gehofft, dass sie CM auf der Reise nach Spanen begleiten würde! Sie hatte schon selbst versucht Bettina danach zu fragen, hatte aber bisher kein offenes Ohr gefunden. Sie würde aber den Kontakt etwas verfestigen, vielleicht ergäbe sich ja später noch etwas daraus. Einen kostengünstigen Urlaub sollte man nicht abschlagen!

Herr Kern versuchte in den kommenden Wochen bis zu seiner Spanienreise neue Kontakte im Netz zu knüpfen. Ob im Osten Deutschlands oder in anderen Ländern Europas, jeder neue Kontakt war ein potenzieller Gesundheitskapselkandidat! Und CM hatte es raus, er konnte die Leute so einlullen, dass sie am Ende selbst nicht mehr wussten, warum sie nicht schon längst den Antrag zum Vertriebspartner unterschrieben hatten! Das Netzwerk wuchs und Herr Kern strahlte. So konnte er auch von seinen Besuchen in der Fabrik immer öfter eine Flasche Hartgebrannten mitbringen um seinen künftigen Schwiegervater glücklich zu machen. Das war natürlich reine Berechnung. Wenn der Alte betrunken und zufrieden war ließ er CM in

Ruhe und ganz nebenbei war Ludmilla auch glücklich. Sie liebte ihren Vater und so hatte CM einen guten Weg zur Völkerverständigung gefunden. Die Wochen vergingen und endlich stand der Abreisetag vor der Tür. Ludmilla war sehr traurig, immerhin würde sie ihren Mann für etwa vier Wochen nicht mehr sehen. Der kleine altersschwache Koffer hatte mittlerweile sein Leben beendet, er war nach der letzten Reise auseinandergefallen. Nun wurde aus einem Schrank eine alte Tasche gezogen, die jetzt CM als Reisebegleiter diente. Sie erinnerte an eine Sporttasche, vielleicht hatte sie Valdes Ivanauskas (ein Fußballprofi aus Litauen) in seiner Jugend mit zum Training genommen? Herr Kern war schnell mit dem Packen fertig, noch einige Cosmek-Produkte und die Gesundheitskapseln durfte er auch nicht vergessen. Wenn er sie selbst aus Kostengründen auch nicht einnahm, so musste er sie doch bei sich haben, um sie zeigen zu können! Der Wagen war vollgetankt, ein letzter Kuss und dann ging es los. Die Fahrt war langwierig. Sie führte von Vilnius durch Polen, durch Warschau und Posen, dann weiter in Richtung Berlin und endlich ans Ziel Frankfurt. Den Umweg musste CM fahren, da man ihm für die Reise durch Russland und Weißrussland keine Genehmigung erteilte. Nur durch kurze Stopps an Autobahnraststätten wurde die Reise unterbrochen. Das Flugzeug wartete nicht auf den reiselustigen Diplomaten. Endlich in Frankfurt angekommen hatte CM allerdings nur Augen für seinen

Laptop. Eine Skype Verbindung zu Gerda war uner-
lässlich und er sah sich auch genötigt, einen kurzen
Gruß nach Vilnius zu schicken. Dann gab es nur noch
das Bett und etwas Schlaf.
Schon früh am nächsten Morgen brachte ihn ein
Shuttle des Hotels zum Flughafen. Er hatte ja nur die
altersschwache Reisetasche und seinen uralten, abge-
stoßenen, silbernen Diplomatenkoffer, in dem er den
Laptop verstaute. So ging es schnell zum Check-in und
dann konnte man ja in der Abfertigungshalle noch
schnell nach den aktuellen Absatzzahlen der Gesundheitskapseln schauen. Online bis zum letzten Aufruf,
das war seine Devise.

Sabine und ihr Mann hatten alles für ihren Gast
vorbereitet. Das Zimmer war sauber, die Fenster extra
noch einmal auf Hochglanz geputzt, das Bad strahlte,
es lagen frische Handtücher bereit und das Bett war
auch schon frisch bezogen! Der Gast sollte am späten
Vormittag in Jerez landen. Bettina und Werner waren
schon sehr aufgeregt, einen Diplomaten hatten sie noch
nie als Gast in ihrem Haus bewirtet. Beide hatten schon
viele Gespräche mit CM geführt, über Skype war das so
schön einfach und auch kostenlos. Und CM hatte es
sehr stark in Anspruch genommen, oft war es Bettina

schon zu viel gewesen. Sie hatte oft den kleinen Button auf „beschäftigt" gestellt um nicht immer von dem Gesundheitsexperten genervt zu werden. Nun aber ging es ja um die Produkteinführung der Firma Cosmek. Rechtzeitig, um den Gast auf keinen Fall warten zu lassen, verließen sie ihr Haus Richtung Flughafen. Die Fahrt dauert nur knapp dreißig Minuten über die Autobahn. Werner parkte den Wagen und dann kam der spannende Moment greifbar nah! Die Maschine sollte pünktlich landen, einer baldigen Begrüßung stand also nichts mehr im Wege. Den sonst immer obligatorischen Kaffee in der Pantry ließen die beiden heute aus, sie waren viel zu aufgeregt. Dann öffnete sich auch schon die Glasschiebetür und ein ungepflegter Mann mit einem Metallkoffer schaute hindurch. Direkt neben ihm stand ein Uniformierter der Guardia Civil – der Polizei. Bettina erkannte den Reisenden zuerst, es war Carl-Michael Kern! Werner hielt seine Frau am Arm fest und flüsterte ihr leise ins Ohr, er könne nicht so ganz glauben, war er hier sehe!

„Hallo! Könnt Ihr bitte mal den Koffer nehmen, ich warte noch auf den Rest meines Gepäcks", rief der glatzköpfige Mann.

Werner fasste sich zuerst. Er ging zwei Schritte vor und nahm CM

den alten Koffer ab . Bettina konnte noch nichts sagen, ihr hatte es einfach nur die Stimme verschlagen.

„Wie kann man denn so reisen?", entwich es Bettina, als Werner wieder zu ihr kam.

132

Ihr Mann schüttelte nur seinen Kopf und bemerkte:

„Hast du die Hose und die Schuhe gesehen?"

Es dauerte nicht lange, dann erschien CM mit seiner Reisetasche in der Glastür. Er ging auf die beiden Wartenden zu und begrüßte sie herzlich.

„Ich hatte nur eben meinen blauen Pass gezeigt, so konnte ich schon mal die ersten Gepäckstücke rausreichen. Ich hatte das Gefühl, der Polizist hatte noch nie in seinem Leben einen solchen Pass gesehen!", lamentierte CM und dabei verließen die Drei das Flughafengebäude und gingen zu ihrem Auto.

Bettina wunderte sich über die alte Reisetasche. Immerhin wollte Herr Kern ja nicht nur für ein Wochenende bleiben! Sie sollte sich während seines Aufenthaltes noch häufiger wundern! Während der Fahrt ins Haus der Deutschen berichtete Herr Kern über seine großen Erfolge im Vertrieb mit den Gesundheitskapseln. Werner und Bettina tauschten unbemerkt einen Blick aus, der Bände sprach. Im Haus angekommen nahm CM sogleich sein Zimmer in Beschlag und packte seine Reistasche aus. Die Tür zum Zimmer hatte er offenstehen gelassen, sodass Bettina unweigerlich einen Blick hinein werfen musste. CM stand ohne Schuhe vor dem Bett, auf die er die Tasche und den Diplomatenkoffer gelegt hatte. Ein Kosmetikprodukt nach dem anderen fand seinen Weg auf die Bettdecke. Dann entdeckte Bettina noch eine Kulturtasche, sicherlich ein Überbleibsel aus der Zeit der

Kulturrevolution Russlands. Werner kam um die Ecke und fragte locker:

„Alles klar oder brauchst du noch etwas?", ging aber gleich weiter, da dieses eigentlich eine rein rhetorische Frage sein sollte.

„Ich habe gar keine leichten Schuhe dabei. Nur meine Stiefel!", dabei hob er alte Stiefel hoch, die an Kühe und Lasso erinnerten.

„Du fliegst mitten im Sommer nach Spanien. Eine Geschäftsreise, wenn ich richtig erinnere und du hast keine anderen Schuhe dabei?", erwiderte Werner sarkastisch.

„Ich habe gar nicht daran gedacht. Ich kaufe mir hier einfach leichte Schuhe."

Werner holte Plastikbadeschuhe aus dem Schuhschrank und reichte sie CM wortlos. So konnte er sich zumindest im Haus auf Schuhen bewegen! Im Zimmer des Gastes stand nur der Laptop auf dem Nachschrank, unzählige Cosmek-Produkte lagen auf dem Bett und eine Hose und eine Art Kurzarmshirt lagen daneben. Das war alles, die Reisetasche war leer. Der Diplomatenkoffer hatte seinen Platz vor dem Fenster hinter der Gardine gefunden.

Bettina hatte für den ersten Abend einige Tapas vorbereitet, damit sie die Zeit gemeinsam nutzen konnten! Die Gastgeberin stand in der Küche und war mit den Vorbereitungen beschäftigt, als CM zu ihr kam. In der Hand eine brennende Zigarette.

„Stopp! Carl-Michael, bei uns wird nicht im Haus geraucht. Geh bitte raus, entweder vor das Haus in den Garten oder auf die Terrasse. Und die Kippen bitte in den Aschenbecher, der in der Sommerküche steht. Nicht so in den Garten, haben wir uns verstanden?"

Herr Kern entschuldigte sich und verließ die Küche, er hat sich erschrocken, er war es nicht gewohnt, dass er Befehle entgegen nahm, noch dazu von einer Frau! Draußen wartete Werner mit zwei Flaschen Bier. Da war CM richtig, dass sollte auch Werner bald erkennen. Gemeinsam hatten sie, nachdem der Gast sein Zimmer endgültig in Beschlag genommen hatte, einen Rundgang durch das Haus gemacht. Die Deutschen bewohnten 180 qm und hatten einen großen und sehr schönen Garten mit Pool. Herr Kern hatte sich dazu mit keiner Silbe geäußert. Es interessierte ihn wohl nicht, oder es gefiel ihm nicht. Während des Essens redete Herr Kern unaufhörlich. Seine Themen waren wie immer die Gesundheitskapseln und die Produkte der Cosmek. Der bereitgestellte Aschenbecher wurde immer voller. Bettina dröhnte bereits der Kopf! Dass Herr Kern mehrere Lieblingsthemen hatte, das Judentum, Hitler und seine persönliche Zukunft, wussten die beiden zu diesem Zeitpunkt noch nicht. Das sollte sich aber im Laufe seines Aufenthaltes noch ändern.

„Wie viele Termine habt ihr für die Präsentation vorbereitet?", wollte er irgendwann am Abend wissen.

Diese Frage konnten Werner und Bettina nicht beantworten. Die beiden Spanierinnen hatten es bis gestern noch nicht preisgegeben. Es sollte wohl eine Überraschung werden!

„Wir haben ja jede Menge Zeit, also zwei Vorführen am Tag, eine vormittags und eine nachmittags, das schaffe ich locker! Am Wochenende können wir uns dann ja erholen", erklärte er und steckte sich dabei schon wieder eine Zigarette an, ob wohl die letzte noch brennend im Ascher lag.

Bettina stand auf und begann den Tisch abzuräumen. Am nächsten Vormittag wollten sich die neuen Geschäftspartner alle zusammensetzen und die Vorgehensweise der nächsten Wochen besprechen. Es war also Zeit ins Bett zu gehen! CM war davon nicht so einfach zu überzeugen. Kaum war die Zigarette ausgedrückt, entfernte Bettina schnell den vollen Aschenbecher und nahm auch gleich die Gläser mit in die Küche.

„Feierabend! Für heute ist Schluss. Du bist doch sicherlich müde von der Reise. Frühstück gibt es um 8:30 Uhr. Angenehme Nachtruhe!"

„Na ja, das werde ich wohl aushalten hier. Das Haus ist ganz passabel, allerdings möchte ich nicht zwischen oder besser hinter

solchen Mauern leben! Das wäre hier so üblich! Ist mir doch egal. Wie im Knast! Ich werde mir hier, wenn das mit der Cosmek richtig läuft, eine richtige Villa kaufen. Drei oder vier Millionen sollte das schon kosten. Aber erst mal einen Schritt nach dem anderen. Morgen kommen die beiden Trullas, hoffentlich sind sie zu gebrauchen. Wenn man öfter hier her kommt, muss man ja auch an die Nächte denken! Gerda ist in Deutschland, werde morgen mit ihr sprechen und berichten, wie es hier aussieht."

Am nächsten Morgen erschienen Carmen und Isabella im Haus bei Bettina und Werner. Die Teambesprechung für die kommenden Tage sollte erfolgen. Bettina hatte Gläser und Wasserflaschen auf den Tisch auf der Terrasse gestellt. Die beiden Spanierinnen waren total aufgeregt. Auch sie hatten noch nie einen echten Diplomaten begrüßt! CM strahlte, als er die Grazien erblickte. Frauen mit schwarzen Haaren, einer ansehnlichen Figur und diesen Augen! Carmen hatte es Herrn Kern besonders angetan. Vielleicht lag es daran, dass sie sich gerade von ihrem Mann getrennt hatte? Isabella war in festen Händen, den Ehemann sollte CM auch noch kennenlernen!

Ganz langsam begann man mit den Gesprächen. Es war auch für die Anwesenden nicht ganz einfach. Herr Kern sprach Deutsch und Englisch. Carmen sprach nur

Spanisch, dagegen konnte Isabella Deutsch, Spanisch und Englisch sprechen. Es war ein ewiges übersetzen, fragen und übersetzen. Das dauerte natürlich. Aber es kam die Frage, die kommen musste.

„Mädels, wann startet der erste Termin?", wollte CM wissen.

Jetzt übernahm es Isabella alleine zu sprechen. Der Grund, wie sich später zeigte, lag wohl darin, dass Carmen nicht mitbekam, was sie zu berichten hatte.

„Ich habe bisher fünfzehn Vorgespräche alleine in Chiclana geführt. Den ersten Erfolg habe ich in einem sehr feinen Salon in der Innenstadt. Er ist für den kommenden Montag um zehn Uhr geplant. Carmen hat eine Vereinbarung für den darauffolgenden Freitag, allerdings nicht hier, sondern in Algeciras. Einen weiteren Salon habe ich in der Warteschleife, da müssen wir noch einen festen Termin vereinbaren", damit endete die Aufzählung und Isabella erwartete jetzt Beifall.

Bettina schaute zu Werner, der zu CM und alle drei schwiegen. Carmen schaute wiederum zu Isabella und erwartete nun die Übersetzung. Alle schwiegen! Zuerst fand Carl-Michael seine Worte wieder.

„Und, was kommt dann? An den anderen Tagen? Ich bin drei Wochen hier und ihr habt es geschafft, genau zwei feste Termine zu vereinbaren? Ich glaube, ich spinne!", polterte Herr Kern.

Er hatte sich nun nicht mehr so richtig unter Kontrolle. Carmen bemerkte den Ernst der Lage und erklärte kurz, sie müsse mal eben kurz verschwinden. Sie wollte nicht in der Schusslinie bleiben.

„Ich habe jede Menge Gespräche geführt! Wenn wir die drei Termine schaffen, das ist doch toll!", strahlte Isabella.

Nun stand auch Bettina vom Tisch auf, sie konnte nicht mit anhören, was CM nun von sich gab.

„Weiber! Wenn ich das gewusst hätte! Weiber! Nichts als Weiber!", fluchte CM lautstark.

Der Einzige, der jetzt noch ruhig blieb, war Werner. Er versuchte zu schlichten, damit einer gemeinsamen Arbeit nichts im Weg stand.

„Es gibt keinen Grund hier den Dicken zu mimen! Carl-Michael, setzt dich wieder, lass uns gemeinsam schauen, das wir das Beste aus dieser Situation machen. Wir alle wollen doch Geschäfte machen und Geld verdienen."

Carmen kam zurück, sie setzte sich leise wieder auf ihren Stuhl, den Blick auf den Boden gerichtet. Isabella sprach leise mit ihr, in Spanisch, so konnte CM nichts verstehen, was ihn noch wütender machte. Die leere Schachtel Zigaretten flog quer über den Tisch, er stand auf und ging in sein temporäres Zimmer. Es dauerte nicht lange und er erschien mit einer neuen Packung Glimmstängeln.

„Wie kann es sein, dass du dich für die Gesundheit anderer Menschen einsetzen möchtest, Arzt bist und dann eine Zigarette nach der anderen rauchst? Gesund ist das ja bekanntlich nicht!", erklärte Bettina und schaute dabei zu Carmen und Isabella, so als wollte sie sagen, dem teigen wir das es aber mal.

Herr Kern begann zu husten, ziemlich stark sogar, wie immer.

„Mein Husten kommt nicht vom Rauchen! Ich huste schon immer, das ist angeboren", konterte Herr Kern.

„Ja klar, genauso wie die Tatsache, dass dir die Haare ausfallen", erwiderte Bettina kurz und konnte sich ein Lachen nicht verkneifen.

„Wann ist der erste Termin? Und wo? Hast du alles aufgeschrieben?", stellte Herr Kern in den Raum, ohne jemanden direkt anzusprechen.

„Montag, 10:00 Uhr, der Salon ist in Chiclana. Wir fahren also zusammen. Die beiden Mädels kommen direkt zum Salon. Noch Fragen? Hast du die Produkte parat? Ich habe gar keinen Vorführkoffer gesehen?", fragte Bettina mit scharfer Stimme.

„Koffer? Ich habe keinen Koffer. Die Produkte stehen doch schon im Zimmer. Was soll das, willst du mich ärgern?"

Herr Kern war sehr aggressiv, seine Laune wechselte von einer Sekunde zur nächsten.

„Wir können ja wohl kaum die Produkte lose in den Arm nehmen? Oder hast du vielleicht eine Aldi-Tüte dabei?", frotzelte Werner jetzt und kickte unter dem Tisch mit seinem Fuß seine Frau an.

Bettina stand auf und kam nach einigen Minuten mit einer dunkelblauen, flachen Tasche zurück. Sie legte sie

auf den Tisch und erklärte, man könne diese ja nehmen, bis sich eine andere Lösung finden würde.

„Kauft doch einen Koffer, am besten einen, wo man
das Innenteil variabel anpassen kann. Die kosten nicht
viel, wenn ihr das möchtet!"

„Carl-Michael, das wäre wohl deine Aufgabe als
Firmenchef, oder hast du überall Lakaien, die für dich
arbeiten? Hier macht man so etwas selbst!", erklärte
Werner und jetzt wurde auch sein Ton schärfer.

Herr Kern verließ die Terrasse mit einer brennenden
Zigarette. Scheinbar wollte er sich abreagieren!

*„Was denken die sich? Ich bin doch nicht der Hanswurst der
Veranstaltung? Ich bin hier der Chef! Die können nur mit mir -
ohne mich gar nicht! Jetzt fängt auch Bettina an, eine dicke
Lippe zu riskieren. Ich muss mir mal Werner zur Brust
nehmen, so geht das nicht. Wenn Erwachsene unterhalten hat die
gefälligst die Klappe zu halten! Und die beiden Spanjokel, die
sind wohl viel zu lange in der Sonne gewesen! Wenn ich denen
mein neues Projekt vorstelle, dann sind die alle platt! Damit
rechnet hier niemand. Ich bin der Große, das werden die auch
noch feststellen."*

Die Kippe seiner Zigarette schnippte Herr Kern mit zwei Fingern über die Mauer auf die Straße und ging zurück auf die Terrasse hinter dem Haus.

Der Vormittag verging, es gab nichts weiter zu klären. Der erste Termin für den Montag stand, mehr als abwarten konnten Bettina, Werner und Carl-Michael nicht. Die beiden Mädels, Carmen und Isabella, bekamen erneut den Auftrag, sich um weitere Termine zu kümmern! Dann stiegen sie in ihren Wagen und fuhren davon. CM stand auf und holte seinen Laptop in den Garten. Er wollte jetzt ins Internet. Er schaltete das Gerät ein, schaute irritiert und hackte wie wild in die Tasten. Falten bildeten sich auf seiner Stirn.

„Irgendetwas stimmt hier nicht!", meckerte er lautstark, aber wohl noch an sich selbst gerichtet. Es antwortete ihm niemand.

„Hast du Probleme mit deiner Leitung?", wollte er wissen und schaute zu Bettina, die mit einem Glas Tinto de Verano versuchte zu entspannen.

„Wieso? Sollte ich?", fragte sie ganz ruhig.

„Ich komme nicht ins Netz. Was ist denn das?", dabei fummelte er an allen Schaltern und Kabeln des Laptop herum.

„Du kannst so nicht ins Internet!", erklärte Bettina kurz.

Herr Kern schaute hoch. Er wusste, es gab einen Zugang, sie hatten ja ständig über Skype telefoniert.

„Ich habe keinen Wlan-Zugang. So etwas brauche ich hier nicht!", kam die Erklärung.

142

Carl-Michael schaute, als ob man ihn für einen Elefanten gehalten hätte.

„Wie keinen Wlan-Zugang? Dazu braucht man doch nur einen Router. Hast du keinen Router?", wollte er aufgeregt wissen.

Bettina verneinte. Herr Kern stand auf und erklärte, dann müssen wir einen kaufen, sofort. Ich muss ins Internet.

Werner dachte sich, er wird sich hier noch an einiges Sonderbare gewöhnen müssen!

Kurze Zeit später klingelte an der Tür. Der Nachbar von gegenüber stand mit verschränkten Armen vor der Tür. Es gab keinen besonderen Kontakt zu diesem Mann, er war sehr speziell und Bettina und Werner mochten ihn nicht wirklich. Der Spanier fragte, ob Werner rauchen würde, der verneinte. Dann erklärte der Mann, er hätte vor einigen Stunden eine Kippe auf sein Hemd bekommen, sie sei durch die Luft geflogen, direkt von hier! Er deutete auf das Eingangstor.

Werner ahnte schon, woher der Wind wehte! Er bat den Spanier um einen Moment Geduld und rief nach CM. Werner wusste, der Nachbar sprach Englisch, so konnten sich die beiden ja selbst austauschen. Sie sahen sich in gewisser Weise ähnlich, beide hatten eine Glatze, beide waren im Alter gewachsen – allerdings nach vorne! Pepe, der Nachbar, war homosexuell, da würde Herr Kern wohl so seinen Probleme bekommen! Pepe wurde beruhigt, aber Werner ermahnte Herrn Kern, so etwas nie wieder zu tun!

„Was, wenn deine Kippe in einen Kinderwagen fällt? Tickst du noch richtig? So etwas kannst du bei dir zu Hause machen, aber nicht hier!"

Dann ließ er CM stehen.

Nach dem Mittag und der anschließenden Pause fuhren sie gemeinsam zum Media-Markt um einen Router zu kaufen. Den durfte CM bezahlen, er wollte ihn ja auch nutzen! Dann ging es sofort wieder nach Hause. CM schloss den Router an und verschwand hinter seinem PC. Am Abend hatten Bettina und Werner den Besuch einer Bodega geplant. Dort konnte man hervorragend und landestypisch speisen. CM wechselte seinen geliehenen Strandlatschen gegen seine Lederstiefel. Die Hose und das gewöhnungsbedürftige Oberteil behielt er an. Die Bodega war gut besucht und am Nebentisch saß eine Familie mit drei Kindern, absolut üblich in Spanien, auch zur späten Stunde. Eines dieser Kinder tanzte lachend und singend um die Tische herum. Herr Kern fühlte sich dadurch gestört. Er erklärte, er würde jetzt durch seine von Gottgegebene Gabe das Kind zum Sitzen bringen. Dabei schaute er mit finsterer Miene auf das Kind. Nach einer gefühlten Ewigkeit setzte sich das Kind, es war müde, man konnte es genau sehen. Herr Kern hatte sicherlich keinen Einfluss darauf gehabt, war aber fest von seiner Gabe überzeugt! Als es daran ging, die Rechnung zu begleichen, zog es Herr Kern vor, schon mal den Tisch zu verlassen und vor der Bodega auf die beiden Gastgeber zu warten.

„Hoffentlich ist das nicht immer so hier in Spanien! Dieser Lärm, nicht auszuhalten! Und diese Spanier, was denken die, mit wem sie es hier zu tun haben. Die könnten ja zumindest mal in Englisch mit mir sprechen! Alles Wandalen! Pack! Wird Zeit, dass wir hier mal Schwung ins Land bringen. Denen werde ich schon zeigen, wie man Geschäft macht! Wenn die immer so lahm arbeiten, werde ich wohl meine eigenen Leute aus Deutschland einfliegen lassen müssen. Ich werde mir auf keinen Fall mein Projekt kaputtmachen lassen. Nicht mit mir!"

✜

Der Montagmorgen war da. Der erste Präsentationstermin in Chiclana bei einem Salon. Dreißig Minuten vor der vereinbarten Zeit wollten sich alle Beteiligten in der Bar, die sich direkt neben dem Salon befand treffen. Werner hatte einen Parkplatz gesucht, nun warteten die Drei auf die beiden Mädels! Eine Minute vor 10.00 Uhr erschienen die beiden, lachend und fröhlich, als hätten sie alle Zeit der Welt.
„Wo bleibt ihr denn? Wir waren vor dreißig Minuten verabredet? Wenn wir hier auch in Zukunft ordentlich zusammenarbeiten wollen, dann bitte mit deutscher Pünktlichkeit!", erklärte Herr Kern.

Isabella und Carmen schauten sich an und lachten laut, sie sprachen Spanisch, sodass Herr Kern nichts verstehen konnte. Bettina dachte, sie hatte die beiden verstanden, es stimmt zwar, dass sich Herr Kern jetzt hier in Spanien befindet und er sich anpassen muss. Aber, er ist auch der Chef und wenn die Mädels weiterhin für die Firma Cosmek arbeiten wollten, dann sollten wohl besser sie sich anpassen! Glücklicherweise machte niemand eine Anmerkung zum Outfit des Kosmetikfirmenchefs. Er trug Turnschuhe, eine viel zu enge Jeans und ein Sport- oder Freizeithemd, welches weder frisch gewaschen noch gebügelt war! So ging man auch in Spanien nicht zu einem Geschäftstermin. Das kümmerte Herrn Kern überhaupt nicht!

Im Salon herrschte reges Treiben. Alle Stühle waren besetzt. Die Inhaberin hatte sich für die Vorführung ein Modell bestellt, das war aber auch noch nicht erschienen. Hier dauerte es eben alles etwas länger! Herr Kern begrüßte die Inhaberin, schüttelte die Hände und schaute sich um. Er packte seine Produkte aus und hoffte, das Modell würde endlich erscheinen. Er hatte seine Zeit ja schließlich nicht gestohlen. Irgendwann kam die Frau, sie brachte ihren Mann mit, weil man in Spanien eben nie weiß, was so passieren kann. Herr Kern selbst übernahm die Kundin. Er stellte seine Produkte vor. Bei jedem Handgriff zeigte er, wie es sein solle. Isabella übersetzte von Spanisch ins Deutsch und umkehrt. Es war sehr müßig und sehr anstrengend, für alle Beteiligten. Nach vier Stunden war es vorbei. Bettina konnte schon nicht mehr stehen, einen freien Stuhl gab es im Salon nicht. Werner machte zwischendurch einige Fotoaufnahmen, die wollte Herr Kern für seine Website nutzen.

„Wer nimmt jetzt die Bestellung entgegen?", fragte er Isabella, denn nur mit ihr konnte er ja sprechen!

„Welche Bestellung?", wollte Isabella wissen.

Herr Kern schaute ungläubig und erklärte, er hätte doch nun die Produkte erklärt, vorgeführt und nun sei es ja üblich, dass die Chefin seine Produkte orderte.

„Wir sind hier in Spanien! Luisa wird jetzt darüber nachdenken. Wenn sie sich entschieden hat, wird sie mich anrufen. Dann werden wir darüber sprechen. Außerdem habe wir Mai. Jetzt beginnt der Sommer. Alle gehen an die Playa, also zum Strand. Einige fahren in den Urlaub, es ist jetzt kaum etwas im Salon zu tun. Wenn Luisa bestellt, dann sicherlich erst zum November", erklärte Isabella, so ruhig und so, als wäre es das Normalste von der Welt.

Herr Kern war sehr genervt. So etwas hatte er noch nie gehört! Das könnte ja bedeuten, er würde hier drei Wochen sein ohne einen Auftrag zu schreiben? Man ging auseinander. Es war mittlerweile 15:00 Uhr. Mittagszeit in Spanien. Herr Kern hatte Hunger. Wäre es da nicht ganz leicht gewesen, man hätte gemeinsam mit den Damen in der kleinen Bar neben dem Salon eine Tapa zu sich genommen? Nein, Herr Kern war geizig. Er wollte jetzt nach Hause und zu seinem PC!

„Ich glaube, ich spinne! Was denken sich diese Menschen? Ich fliege von Deutschland nach Spanien, opfere meine Zeit, schule diese Pappnasen und die erklären mir, es wäre jetzt Zeit für den Strand! Wenn alle so denken würden, die ganze Welt wäre längst untergegangen! Ich hoffe nur, der nächste Termin läuft besser! Jetzt werde ich mal Gerda anrufen! Und Ludmilla! Bin ja noch ganz schön lange hier, muss ich wohl durch! Ich werde mal Gerda anrufen, vielleicht kann die mich ja am PC etwas beruhigen oder besser noch, befriedigen!"

Der nächste Tag war ohne vereinbarte Termine! Nun wollte Herr Kern aber auf jeden Fall die Zeit in Spanien nutzen!

„Wir könnten doch auf eigene Faust Kontakte suchen? Salons ausmachen?", schlug er am Morgen den beiden Deutschen vor.

„Klar, ich suche die Salons und du erklärst dann, was deine Cosmek-Produkte bewirken! In Spanisch! Kein Problem!", sagte Bettina, während sie den Frühstückstisch abräumte.

Werner lachte, denn er bemerkte, dass CM das gar nicht richtig verstanden hatte! Er hakte nach und sagte, wie nennt man doch noch mal diesen Wirkstoff, den man bei der Dauerwelle einsetzt, in Spanisch? Erst jetzt hatte Herr Kern verstanden. Aber er wäre nicht der Chef der Cosmek gewesen, wenn er nicht gleich eine Idee dazu gehabt hätte!

„Sagt mal, wie weit ist es nach Gibraltar? Wie lange fährt man da hin?"

Werner erklärte CM, die Fahrt würde so sechzig bis neunzig Minuten dauern.

„Gut, dann fahren wir jetzt nach England! Englisch spreche ich gut!", sagte er und stand auf um in sein Zimmer zu entschwinden.

Kurz darauf stand er mit seinen Turnschuhen wieder in der Tür.

„Können wir los?"

Werner blieb die Antwort im Hals stecken!

„Sag mal, Carl-Michael, bist du nicht der Meinung, du könntest uns fragen, ob wir bereit sind, mit dir nach Gibraltar zu fahren? Das sind ja immerhin etwa drei Stunden Fahrt und Sprit kostet es auch! Aber, das bezahlst du doch sicherlich? Oder wie hattest du dir das gedacht?", fragte Werner.

Herr Kern brummelte etwas Unverständliches, aber er nickte. Der Wagen wurde aus der Garage geholt, CM saß als Erster im Citroën. Er fingerte am Gurt und schaffte es nicht, ihn zu schließen. Werner wollte helfen, aber CM antworte von der Rücksitzbank aus:

„Wenn du um das Loch mal Haare machst, dann finde ich es leichter", dabei lachte er so fies und schmutzig, dass er heftig anfing zu husten.

Bettina und Werner blieben eine Antwort schuldig. So machten sich die Drei also auf den Weg nach Gibraltar. Die Grenze wurde passiert, man parkte den Wagen auf der englischen Seite. Gleich hinter der Start- u. Landebahn entdeckte Herr Kern einen Salon und lief auf ihn zu, als würde es das Letzte sein, was er noch gedenkt zu tun! Er öffnete die Tür und stand in einem kleinen, sehr unscheinbaren Salon. Bettina und Werner waren vor der Tür stehen geblieben, es war einfach zu eng im Inneren. Es dauerte gar nicht lange, als sich die Tür öffnete und Herr Kern nach Bettina rief. Mit Falten der Verwirrung ging sie in den Salon.

„Kannst du mal übersetzen. Die sprechen hier nur Spanisch!"

Bettina übersetzte und erkundigte sich, wann der Chef des Salons zu sprechen sei. Sie hinterließ CM`s Visitenkarte und verabschiedete sich freundlich. Herr Kern trottete hinterher.

„Das habe ich ja noch nie erlebt! Keine Socke spricht Englisch! Was ist das hier?", wollte er fassungslos wissen!

„Man spricht hier Englisch, Spanisch und Llanito, das ist hier die Umgangssprache. Eine Mischung aus Andaluz und Englisch! Außerdem arbeiten hier sehr viele Spanier, die sich weigern Englisch zu sprechen. Du bist hier eben auf Gibraltar und nicht in deinem London!", erklärte Bettina kurz und drehte sich um.

„Was machen wir jetzt?", wollte Werner wissen, während er noch neben Herrn Kern stand.

CM schlug vor, etwas durch die Stadt zu bummeln, wenn man schon mal hier wäre. Ein Geschäft erregte besonders seine Aufmerksamkeit, ein Laden mit Fotozubehör. Er war so schnell darin verschwunden, dass Bettina und Werner ihn suchen mussten. Ein Objektiv fand sein Interesse, er wollte es unbedingt haben. Es scheiterte jedoch an der Tatsache, dass er kein Geld hatte. Bettina fragte, ob er denn seine Kreditkarte nicht dabei hätte. Leider, bekundete CM, hätte er die in Litauen vergessen …

In einer kleinen Seitenstraße entdeckte Herr Kern ein Geschäft für die Erstellung von Plakaten und Drucksachen.

„Lasst und fragen, wir müssen unbedingt noch ein Plakat für eure Hauswand haben. Ich frage mal, wenn die Englisch sprechen!"

Man sprach und Herr Kern verhandelte. Es sollte ein Plakat aus einem robusten Kunststoff erstellt werden, es sollte mit einem Kurier zu Werner und Bettina geschickt werden. Die Erstellung musste jedoch noch warten, denn das Geschäft benötigte natürlich eine Datei mit dem Logo! Herr Kern versprach, diese per Mail zu senden. Die Rechnung bezahlte er im Voraus, Bettina und Werner waren darüber sehr glücklich. Sie hätten das Plakat sonst auf keinen Fall entgegengenommen! Auf Herrn Kern war in Sachen Geld kein Verlass, das hatten sie auch schon festgestellt.

Man ging zurück zum Auto und fuhr nach Hause zurück. Der Tag war lang und es war schon sehr heiß in Andalusien.

„Dieses Objektiv muss ich haben. Damit kann man geile Fotos von den Bräuten machen. Große Brennweite, geil! Ich sehe sie Bilder schon! Super! Muss ich wohl noch mal hin, egal wie! Ich muss dieses Objektiv haben, es ist viel billiger als in England oder Deutschland. Ich muss die beiden noch mal rumkriegen, die müssen da noch mal mit mir hin! Wir könnten dann auch noch mal zu dem Salon gehen. Ich will hier Geld verdienen! Mit oder ohne diese Pappnasen!"

Auch der nächste Vorführungstermin im Friseursalon in Chiclana lief ohne abschließenden Kauf ab. Verständlicherweise war Herr Kern darüber sehr sauer. Er konnte überhaupt nicht nachvollziehen, warum die Inhaberinnen der Salons zwar von den Produkten begeistert waren, aber dennoch keine Order erteilten. An Wochenende wollte Herr Kern mit den Mitarbeiterinnen sprechen.

„Lade Isabella und Carmen ein, zu mir. Ich will mit den beiden reden!", befahl er Bettina.

„Ich habe das wohl eben nicht richtig verstanden, oder? Was hast du gesagt? Ich soll die beiden einladen? Wohin? Zu dir? Du hast da wohl nicht ganz die richtigen Worte getroffen! Wolltest du mich bitten und fragen, ob es möglich sei, dass wir, also Werner und ich, die beiden zu uns bitten, damit wir gemeinsam reden können?", erwiderte Bettina mit gereizter Stimme.

Sie konnte diese überhebliche Art des Herrn Kern nicht mehr ertragen! Er spielte sich hier auf, als wäre es sein Haus! Werner vermittelte wieder einmal. Als die Eheleute alleine waren, erwähnte er, dass sie ja nur mit der Hilfe von CM die Firma aufbauen könnten. Bettina solle sich die restlichen Tage einfach auf ihre zwei Ohren besinnen- in das eine Ohr rein, aus dem anderen Ohr raus! Anders war es mit CM nicht zu ertragen. Carmen und Isabella, die auch ihren Mann mitbrachte, kamen zu diesem Gespräch am Sonnabend. Bettina und Werner hatten noch einen weiteren Gast dazu eingeladen, er war auf der Suche nach einer Verdienstmöglichkeit und hatte wirklich sehr viele Kontakte. Alle saßen um den Tisch herum, ein Glas Wasser vor sich und schauten erwartungsvoll auf Herrn Kern.

„Ich möchte euch hier in ein neues Projekt einführen. Die Planung ist bereits abgeschlossen. Ich brauche noch Gelder, die Anträge bei meinen Sponsoren laufen noch. Und ich brauche noch das entsprechende

Grundstück", erklärte er Herr Kern und gab sich sehr wichtig.

„Worum geht es denn?", wollte Bettina wissen, sie war die Erste, die sich traute etwas zu sagen.

„Ich plane den Bau einer Klinik hier in Chiclana!"

Jetzt war es raus. Herr Kern schaute erwartungsvoll in die Runde. So richtige Begeisterung wollte nicht aufkommen. Die Blicke zeigten eher Unverständnis.

Carmen schaute zu Isabella, sie hatte ja gar nichts verstanden und hoffte, es würde für sie jemand übersetzen. Aber Isabella hatte es die Sprache verschlagen. Bettina übernahm es, Carmen auf den aktuellen Stand zu bringen, und auch Pedro, Isabellas Mann, hörte interessiert zu. Durch die spanischen Laute wurde Isabella wieder wach, sie hatte begriffen, sie hatte es tatsächlich richtig verstanden. Herr Kern wollte hier eine Klinik errichten.

„Es soll eine Klinik nach internationalen Richtlinien werden. Es soll eine ambulante und stationäre Unfallabteilung geben, eine Reha muss angeschlossen sein, außerdem Einrichtungen für Vorlesungen. Neben dem allgemeinen Krankenhaus werden wir uns auch spezialisieren- auf Hauterkrankungen! Mir schweben zunächst 800 bis 1000 Betten vor. Daneben eine Intensivstation. Es werden mindestens sechs Rettungsfahrzeuge und vier Helikopter für die Notfälle zur Verfügung stehen. Alle werden mit einem Notarzt besetzt sein. Ich denke an etwa fünf bis sechs Operationsräume, daneben ein Thermalbad für Bewegungstherapie. Daneben Räume für weitere, andere Anwendungen, wie Massagen und zur Behandlung ambulanter Patienten. Ich gehe davon aus, dass ich etwa 2.500 bis 3.000 Mitarbeiter benötige. Es werden also auch Zusatzgebäude errichtet werden, um Personal unterzubringen. Außerdem soll ein Hotel angeschlossen werden, damit Besucher und Angehörige dort einchecken können, die von weiter her sind.

Das Krankenhaus wird unabhängig versorgt werden, mit Elektrik, mit Wasser, es wird einen eigenen biologischen Anbau von Obst und Gemüse geben. Spezielle Wasseraufbereitungsanlagen werden erbaut, und Anlagen zur Stromgewinnung! Es ist selbstverständlich, dass ich als Leiter der Klinik eingesetzt werde, ich werde auch die Ausbildung in der angeschlossenen Universität übernehmen. Ich rechne da mit einem Volumen von etwa 500 Millionen Euro."

Nun war es ganz still geworden. Nach einigen Momenten begann Isabella alles ins Spanische zu übersetzen. Die Anwesenden stellten immer wieder Zwischenfragen, da sie nicht alles verstanden hatten. Jetzt kam der zusätzliche Gast ins Spiel. Sein Name war Antonio, er war ein sogenannter Tausendsassa! Er arbeitete als Makler, als Berater, war politisch tätig, vermittelte Autos und Versicherungen!

Antonio war es auch, der den Kontakt zum Bürgermeister von Chiclana herstellen wollte. Und er erklärte sich bereit, ein adäquates Grundstück zu beschaffen.

„Ich werde noch versuchen, nach meiner Rückreise nach Deutschland, den Spanischen Konsul in Berlin zu kontaktieren. So kann mein Plan von zweiten Seiten an die Regierung herangetragen werden. Vielleicht können wir es so beschleunigen!", schlug Herr Kern vor.

Eine richtige Begeisterung kam immer noch nicht auf. Herr Kern bemerkte es schon, so legte er noch einige Infos nach:

„Ich als Diplomat habe meine Kontakte spielen lassen. Es gibt da verschriene Investoren, die ein sehr großes Interesse haben, in dieses Projekt einzusteigen. Es läuft alles über eine Bank in Schottland. Die Entscheidungsträger verhandeln noch, es wird wohl noch etwa einen Monat dauern! Wenn ich den Zuschlag für die Darlehnssumme habe, könnten wir mit dem Bau beginnen. Ein großer Autokonzern in Wolfsburg möchte gerne, dass ich in meiner Klinik hier, die leitenden Herren behandle. Da gibt es ein Zusatzabkommen, die Verträge sind bereits geschlossen. Wir brauchen also dringend ein Grundstück von entsprechender Größe!"

Wieder ließ Herr Kern seine Erklärungen von Isabella ins Spanische übersetzen. Pedro schien sehr beeindruckt, er stelle immer wieder neue Fragen, die seine Frau nun ins Deutsche übersetzte.

„Ich würde deinen Mann gerne ausbilden. Er scheint sehr fähig zu sein, ich spüre das! Ich würde ihn gerne zum Pharma-Cosmetologen ausbilden, er könnte dann in der Klinik arbeiten. Wir werden nur mit Produkten der Cosmek arbeiten. Und alle Patienten werden

Kapseln der Firma Nagesu erhalten. Die Chefärzte und die Oberärzte werde ich alle unter mir aufbauen. Ich werde mir dann in der Nähe eine Villa kaufen, denn ich muss ja auch immer erreichbar sein. Ich habe schon mit Bekannten, Freunden und entsprechenden Fachleuten in Deutschland Vorverträge geschlossen. Sie werden den Bau begleiten und überwachen. Ich habe auch einen Finanzberater, der sich um alle finanziellen Belange kümmert. Ich traue hier in Spanien niemandem. Was ich hier bisher erlebt habe, darauf kann ich mich nicht verlassen!", erklärte Herr Kern und er wurde immer aktiver und malte die neue Klinik mit den farbigsten Attributen aus.

Die Gäste waren erschlagen. Ein Zuviel an Infos machte sie müde und so löste sich die Gesellschaft recht schnell auf. Antonio versprach am Montag die ersten Gespräche mit dem Bürgermeister zu führen.

Am Freitag der nächsten Woche fand die dritte Vorführung der Cosmek-Produkte in Algeciras statt. Dieses war der Salon, zu dem Carmen regelmäßig ging. Bettina und Werner hatten beschlossen, der Prozedur im Salon nicht erneut beizuwohnen. Sie gingen in eine Bar und tranken Kaffee und Cola-light. Man konnte von der Bar aus den Salon sehen. Irgendwann kam

Carmen heraus, sie wollte eine Zigarette rauchen. Bettina und Werner gingen zu ihr, um sich nach dem Geschehen im Salon zu erkundigen. Carmen erklärte, Herr Kern hätte sich unmöglich aufgeführt. Sie wäre am liebsten im Erdboden versunken. Sie beschrieb, Herr Kern hätte die beiden Spanierinnen zur Begrüßung auf den Mund geküsst! So etwas wäre in Spanien unmöglich! Die Damen hätten sich sofort angewidert zurückgezogen. Man hätte sich auch über seine Kleidung mokiert. Er trug wieder diese alten Turnschuhe, die zerschlissene Jeans und dasselbe Shirt, wie bereits seit seiner Ankunft. Isabella hätte versucht, erklärte Carmen, die Damen zu beruhigen. Aber es wird ganz sicher nicht zu einem Abschluss kommen. Dann ging sie zurück in den Salon. Es dauerte keine halbe Stunde, da erschien CM bei den beiden Deutschen. Er wollte eine kleine Pause machen und eine Cola trinken.

„Was wollte denn Carmen von euch? Was hat sie denn erzählt?", fragte CM hinterlistig.

Werner und Bettina stellten sich ahnungslos, sie würden niemals die beiden Spanierinnen verraten. Immerhin lebten sie hier und nicht, wie Herr Kern, weit entfernt! Es ärgerte ihn sehr, er versuchte Druck auszuüben, ohne Erfolg.

„Du könntest uns heute eigentlich mal alle zum Essen einladen! Nach dieser Vorführung. Das ist wohl das Mindeste, was du auch für die beiden Mädels machen kannst!", erklärte Werner, dem das Gerede von Herrn Kern auch schon sehr störte.

„Ich muss erst zum Geldautomaten. Ich habe kein Bargeld mehr!", sagte CM.

Allerdings hatte er nicht gesehen, dass auf der anderen Seite des Salons eine Bank mit einem außenliegenden Geldautomaten war. Werner deutete auf den GA und forderte CM auf, doch jetzt gleich Geld abzuheben. Später, am Ende der Vorführung, hätten es alle Anwesenden immer sehr eilig. Werner begleitet Herrn Kern. Umständlich fingerte CM seine Geldbörse aus der Gesäßtasche seiner Jeans. Dann zückte er eine Geldkarte und steckte sie in den Automaten, ganz schnell, Werner sollte es nicht sehen. Herr Kern besaß weder eine Kreditkarte, noch eine EC-Karte. Es handelte sich hier um eine Geldkarte, mit der er nur über das vorhandene Guthaben seines Kontos an einem Geldautomaten einer dem System angeschlossenen Bank verfügen konnte! Werner wunderte sich sehr! Vielleicht hatte der Diplomat ja aus Sicherheitsgründen alle seinen Kreditkarten in Litauen gelassen?

„Ich glaube, die schaffen mich! Was sind das hier nur für flotte Bräute? Und warum machen die so einen Aufstand, weil ich sie zur Begrüßung geküsst habe? Jeder küsst hier jeden! Weiber! Isabella soll sehen, dass sie den Text übersetzt und sonst soll sie

mal schön den Ball flach halten. Die denkt, sie sei hier die Große! Nur weil sie übersetzen darf? Ich glaube, die hat auch den letzten Schuss nicht gehört. Hier macht jeder, was er will. Was sollte jetzt die Nummer mit dem Geldabheben? Ich muss aufpassen. Unbedingt aufpassen. Hoffentlich bestellt die hier heute Ware! Ich muss Werner unbedingt fragen, was die beiden Tussis immer quatschen! Ich glaube, die reden immer über mich!"

■

Nachdem alle erschöpft und völlig demotiviert aus dem Salon kamen, die Stimmung hätte nicht schlechter sein können, schlug Bettina vor, gemeinsam irgendwo einzukehren. Hunger hatten alle und vielleicht könnte ein gemeinsames Essen die Wogen wieder etwas glätten. Man suchte sich ein Restaurant und bestellte, wie in Spanien üblich, lauter Kleinigkeiten, die alle in der Mitte des Tisches platziert wurden. Jeder nahm sich, was er wollte. Nur Herr Kern nicht. Er bestellte, nachdem er sich diverse Gerichte hatte übersetzen und erklären lassen, für sich alleine. Nun ist das noch nichts, was unbedingt verwundert. Die Stimmung war gespannt. Irgendwie wartete man auf eine Ansage des Herrn Kern. Vergeblich. Um nicht immer wieder alles ins Spanische zu übersetzten, ging man der einfach-halthalber ganz dazu über Spanisch zu sprechen. Nur Herr Kern verstand nichts, wen störte es? Scheinbar nicht einmal ihn! Man konnte sich auch wunderbar über ihn unterhalten, er verstand ja kein Wort. Und davon machten Isabella und Carmen auch Gebrauch. Sie berichteten haarklein, was sich CM bei der Vorführung so alles erlaubt hatte. Bettina und Werner konnten ihr Erstaunen gar nicht verbergen! Nicht nur die Küsse, nein, er hatte auch versucht, den Damen an die unterschiedlichen Körperteile zu fassen. Bettina verstand manchmal nicht genau, und Isabella fasste sich dann in der Erzählung einfach zum Beispiel in den Ausschnitt, um es zu verdeutlichen! CM verstand ja nichts! Die Unterhaltung wurde immer fröhlicher und am Ende des Essens hatte man CM`s Anwesenheit fast vergessen.

„Sollten wir nicht mal wieder zurückfahren?", warf er in den Raum.

Plötzlich war es still. Alle schauten sich an und begannen dann lauthals zu lachen! Warum, das konnte keiner erklären. Die Situation war einfach sehr komisch. Werner verlangte die Rechnung, die er zu CM schob. Der warf einen Blick darauf und bat, Werner möge die Rechnung übernehmen. So viel Geld hätte er nicht dabei! Isabella und Carmen bekamen davon nichts mit. Alle verließen das Lokal und gingen zum Auto zurück. Während der Rückfahrt unterhielten sich Isabella und Carmen leise, nur ab und zu, sprachen sie Bettina an, die vorne neben ihrem Mann saß. In Spanisch, so konnte Herr Kern auch dieses Mal nichts verstehen!

Den nächsten Tag verbrachte Herr Kern vor seinem Laptop. Bettina und Werner kümmerten sich um den Alltag und mussten nebenbei Herrn Kern bei Laune halten. Der hatte nur Augen für den Bildschirm und führte via Skype ein Telefonat nach dem anderen. Auch Gerda war dabei, es war nicht zu überhören. Sie wollte wissen, wie es ihrem Liebsten gefiel und wo sie denn bei ihrem nächsten Besuch schlafen würde!

Am Nachmittag kamen alle Nachbarinnen zu Besuch. Herr Kern wollte mit seinem Wissen prahlen! Er wollte seine Produkte verkaufen! Und sich als Hahn zeigen! Es war einfach nur peinlich. Marie-Carmen, eine Nachbarin litt unter Schmerzen in der Hüfte. Da sah Herr Kern seine große Chance. Mit geschwollener Brust stellte er sich in der Runde als Arzt vor und bat Bettina für die Runde zu übersetzen. Man muss sich das nicht so einfach vorstellen! Herr Kern sagte zwei Sätze. Dann musste er Pause machen. Bettina übersetzte. Die Frauen verstanden nicht immer gleich. Es kamen Rückfragen. Dann musste Bettina wieder ins Deutsche übersetzen. Herr Kern antworte. So ging es immer weiter. Bettina war fix und fertig. Herr Kern fragte Marie-Carmen, ob er sie mal anfassen dürfte. Er würde es als Arzt tun und es würde ihr gleich besser gehen. Durch seine Zusatzausbildung zum Pharma-Cosmetologen könnte er Handgriffe, die dafür sorgten, dass die Körperenergie gleich wieder richtig fließen würde. Marie-Carmen stimmte zu, sie war ja auch nicht alleine, alle anderen Nachbarn schauten zu. Herr Kern griff der Frau zuerst an den Arm, danach an eine Stelle direkt über dem Schambein! Sie schrie ein wenig auf, war verunsichert. CM stand vor ihr, es erinnerte an eine Vorführung auf der Kirmes, man war unangenehm berührt, konnte aber nicht wegschauen! Marie-Carmen setzte sich wieder. Sie schwieg. Herr Kern lief zu Höchstformen auf. Er hielt einen Vortrag über Hauterkrankungen. Und Bettina musste übersetzen. Sein Schwerpunkt war hier und heute die Psoriasis, die Schuppenflechte. Er stellte Symptome vor und wie man sie mittels seiner Produkte behandeln könnte. Er war nicht zu bremsen. Alle sollten sehr vorsichtig sein, denn diese Erkrankung sei ja hochansteckend! Man sollte auf jeden Fall immer sofort die Hände waschen! Bettina wunderte sich, denn eine Ansteckung war bei einer Schuppenflechte nicht möglich! Der Nachmittag nahm kein Ende.

„Na ja, besser als nichts! Packend sind diese Weiber aus der Nachbarschaft nicht gerade. Und dieses blöde Gelaber in Spanisch nervt mich schon sehr. Einen Termin haben wir jetzt noch. Und ich habe noch nicht ein Produkt verkauft. Und der

Sommer ist noch lang. Ich muss wohl doch mit Gerda noch mal wieder herkommen! Wenn bloß mehr Geld da wäre. Vielleicht klappt es ja mit dem Grundstück und der Klinik hier, dann hätte ich schon alleine durch meine Produkte ausgesorgt. Dann könnte ich mir so viele geile Frauen leisten!"

⚏

Auch der letzte Termin, den Herr Kern wahrnehmen musste, verlief ohne Abschluss. Glücklicherweise hatte er es geschafft, Werner davon zu überzeugen noch einmal mit ihm nach Gibraltar zu fahren. Er kaufte sich dieses Objektiv für seine Kamera. Bettina war zu Hause geblieben, einen Teil des Tages wollte sie entspannen, ohne Herrn Kern zu sehen und ohne seine endlosen Tiraden zu ertragen. Werner hatte CM in den Wagen geladen und sie waren alleine gefahren. An der Grenze angekommen, stellte Werner fest, er hatte die Wagen-papiere zu Hause vergessen, nur den Führerschein und seinen Ausweis hatte er dabei. Herrn Kern hatte sofort erklärt, er würde das an der Grenze regeln und er solle sich keine Sorgen machen. Natürlich verlangte der Grenzbeamte bei der Einreise nach Gibraltar alle Dokumente. Herr Kern zog seinen blauen Diploma-tenpass aus der Tasche und hielt ihn dem Grenzer unter die Nase.

„Ich bin Diplomat, wir haben freie Fahrt! Halt, den Pass nicht anfassen. Das dürfen Sie nicht. Nur ansehen!", erklärte Herr Kern.

Der Grenzer winkte seinen Vorgesetzten herbei. Der Grenzübergang Spanien-Gibraltar ist sehr klein, sodass er sofort am Fahrzeug war. Wieder wedelte Herr Kern mit seinem Diplomatenpass herum!

„Ich bin hier der leitende Beamte und ich habe das Recht Ihren Pass in Empfang zu nehmen. Händigen Sie mir sofort Ihren Pass aus. Außerdem möchte ich auch Ihr persönliches Reisedokument einsehen!", erklärte der Grenzer ganz ruhig und souverän.

Herr Kern schien verunsichert. Er reichte beide Pässe an den Grenzer. Dieser ging zu dem kleinen Häuschen, verschwand darin und kam nach einigen Minuten zurück. Er überreichte die Ausweise und die Schranke öffnete sich. Werner weil heilfroh! Bei der Einreise zurück nach Spanien wurde nicht kontrolliert, da Werner ja ein Auto mit einem Spanischen Kennzeichenfuhr, er kam ja zurück nach Hause.

Gleich nach der Ankunft auf Gibraltar suchte Herr Kern noch einmal den Salon auf. Die Chefin war heute im Laden und sie sprach sogar Englisch, Glück für den deutschen Geschäftsmann. Erneut fragte Herr Kern, ob er zu einer Vorführung kommen könne, da er noch etwa eine Woche in Andalusien wäre. Aber die Chefin lehnte ab, sie hätte gute Produkte und wäre an einer Zusammenarbeit absolut nicht interessiert. Herr Kern glich einer Schildkröte als er den Salon verließ, er schlich mit hängenden Schultern!

Es gab also nur einen Lichtblick an diesem Tage, Herr Kern war nun stolzer Besitzer dieses Fotoobjektives für etwa 350 Euro; das war auch wichtiger! Besser wäre es gewesen, das Essen nach der letzten gemeinsamen Veranstaltung zu übernommen, aber dazu war der Geschäftsmann zu geizig! Carmen und Isabella waren sichtlich sauer gewesen. Werner uns Bettina hatten auch kein Verständnis für Herrn Kern, der nur noch in Millionen dachte und schon mit der Inneneinrichtung seiner künftigen Klinik beschäftig war. Er hatte angeblich schon Termine mit dem Drägerwerk in Lübeck vereinbart, damit man ihm dort für die Erstausstattung mit den Preisen entgegenkam. Es fehlte aber noch das Grundstück, eine Genehmigung und das Kapital, was nicht unerheblich war.

Die drei Wochen neigten sich endlich ihrem Ende entgegen. Bettinas Nerven langen blank, sie konnte den Anblick dieses ungepflegten Mannes nicht mehr ertragen. Drei Wochen nur eine Hose! Nur ein Shirt! Dass er nach dem Essen immer in seinem Zimmer verschwand und sich das Gebiss herausnahm, störte sie auch. Wie kann ein Arzt sich so gehenlassen? Da gab es doch diesen Spruch: Er war Arzt- und sie auch ein Schwein! Irgendwie stimmte das wohl doch. Endlich kam der Tag der Abreise. Die Reisetasche war schnell gepackt, Bettina hatte nur noch einen Wunsch – so schnell wie möglich zum Flughafen. Sie ahnte noch nicht, dass ihr auch dieser letzte Auftritt noch für lange Zeit im Gedächtnis bleiben sollte. Es hatte sich schon eine lange Schlange vor dem Abfertigungsschalter der Ryanair gebildet. Bettina war schon etwas zur Seite gegangen, sie hatte absolut keine Lust auf Diskussionen. Werner blieb bei CM. Immer wieder hatte er gemeckert, es dauerte alles zu lange.

„Wenn die hier immer so arbeiten, dann wundert mich gar nichts. Kann die nicht mal schneller machen!", wetterte er immer wieder in der Schlange.

Ein Herr in der Nebenschlange hatte schon sehr laut geantwortet, das Flugzeug würde auch nicht früher abfliegen, wenn er weiter drängelte! Dann endlich war CM an der Reihe. Er legte sein Ticket auf den Tresen und stellte seine Reisetasche auf das Laufband. Die Angestellte des Airports schaute auf die Anzeige und verlangte 85 Euro, da die Tasche zu schwer sei. Jetzt zog Herr Kern wieder seinen Diplomatenpass aus der Jacke und wedelte damit vor der Nase der jungen Frau herum.

„Das kann ich nicht ändern. Sie können ja gerne etwas auspacken. Ansonsten darf ich Sie bitte, dort hinten im Büro den Mehrpreis zu entrichten", kam die freundliche Erklärung.

Herr Kern kochte. Er wurde laut und schrei die junge Frau an:

„Ich bin Diplomat. Ich bin weltweit unterwegs. So etwas habe ich noch nie erlebt. Ich werde dafür sorgen, dass nirgends mehr ein Diplomat mit Ihrer Fluggesellschaft fliegt! Ganz sicher!"

Alles dreht sich zu ihm um. Ein Mann, ungepflegt, in alten Turnschuhen und mit einer alten und schmutzigen Hose, mit schlechten, ungepflegten Zähnen und Glatze stand am Flughafen und wetterte wie ein Rohrspatz, er sei Diplomat! Herr Kern ging und bezahlte. Auch hier gab es noch eine laute Auseinandersetzung. Endlich kam er zurück und gab den Koffer auf. Bettina war längst hinter einer Säule verschwunden, sie wollte nicht dazugehören. Auch Werner stand schon lange nicht mehr bei Herrn Kern. Sie verabschiedeten ihn kurz und verließen dann schnell das Flughafengebäude! Sie fuhren zurück nach Hause und waren so froh, dass sie endlich wieder alleine waren. Zu Hause angekommen wurden zuerst das Gästezimmer und das Badezimmer grundgereinigt und desinfiziert! Herr Kern hatte in den drei Wochen kein Geld für Essen, Trinken, für die Fahrten zu den Salons und nach Gibraltar bezahlt. Auch nicht für die Fahrten vom und zum Flughafen! Er hatte sich, mit wenigen Ausnahmen, bei denen er eine Cola oder eine Tapa bezahlte, aushalten lassen! Bettina war froh, dass dieser Alptraum beendet war! Nie wieder würde sie Herrn Kern beherbergen, nie wieder!

„Scheiße! Jetzt auch noch so viel Geld für das Übergepäck! Nicht eine müde Mark, nicht einen schlappen Euro verdient. Nicht ein Produkt verkauft! Scheiße! Ich muss mich jetzt auf das wirklich Wichtige konzentrieren! Die Klinik! Schnell weg hier, dieses Land hat mir wohl kein Glück gebracht!"

Herr Kern fuhr nach der Landung in das kleine Hotel zurück, dort stand sein Auto. Er fuhr sofort zurück nach Litauen. Auf keinen Fall wollte er länger als nötig in Deutschland bleiben. Ludmilla würde auf ihn warten. Gerda könnte er jetzt nicht mehr besuchen, die müsste halt warten. Herr Kern musste sich um seine Geschäfte kümmern. Übermüdet, abgespannt und total sauer kam er zu seiner Familie nach Vilnius zurück. Ludmilla erschrak als sie ihren Mann sah! Sie machte ihm Vorhaltungen, er solle mehr an sich und seine Gesundheit denken. Carl-Michael schüttelte das ab, sie solle sich lieber um ihre eigene Angelegenheiten kümmern, erklärte er ihr. Ein Begrüßungsgeschenk gab es dieses Mal, allerdings mit einem bösen Gesicht. Immerhin hatte ihn dieses Geschenk 85 Euro gekostet! Herr Kern hatte Muscheln am Strand des Atlantiks gesammelt und in die Reisetasche gelegt, darum das Übergewicht am Flughafen. Aber dass hätte er nie zugegeben, zu peinlich war ihm diese Geschichte gewesen. Ludmilla war aber auch nicht begeistert. Was sollte sie mit den Muscheln anfangen? Sie legte die Plastiktüte auf den Boden im Waschraum, hier störten sie erst einmal nicht! Nach einem Kurzschlaf widmete sich Herr Kern sofort seinem Computer. Er kontrollierte seine Umsätze bei der Cosmek und bei den Gesundheitskapseln. Mit Freude sah er, dass Martin in Osnabrück gute Umsätze getätigt hatte! Auch Gerda war recht fleißig gewesen, sie hatte fünf Daueraufträge abgeschlossen. Herr Kern dachte, so nur weiter! Ich schaffe das! Am Nachmittag, als Ludmilla zum Einkauf in die Stadt fuhr, rief CM bei Gerda an.

„Meine Liebe, ich konnte auf der Rückfahrt nicht zu dir kommen. Ich hatte es sehr eilig. Ich habe für die nächsten Tage schon so viele Telefonkonferenzen, es ging nicht. Spanien war ein großer Erfolg! Wir haben geackert wie verrückt. Von Salon zu Salon. Alle waren sehr nett und der Umsatz ist großartig. Jetzt kann ich mich wieder den wichtigen Aufgaben hier widmen. Morgen habe ich einen Telefontermin mit dem Spanischen Konsul in Berlin. Wenn seine Exzellenz mich sprechen will, muss ich da sein! Sollte ich persönlich kommen müssen, wegen der Geheimhaltungsstufe, dann können wir uns ja treffen", erklärte er weltmännisch und glaubte, was er da sagte.

Gerda war enttäuscht, aber sie verstand natürlich, die Arbeit als Diplomat ging vor. Der nächste Anruf galt Martin. Auch ihm wollte er von den enormen Absätzen in Spanien berichten. Herrn Richard war egal, was Herr Kern im Ausland trieb. Er wartete noch immer auf sein Geld! Das war wirklich wichtig!

„Wenn du so gute Geschäfte gemacht hast, dann kannst du ja endlich deine Schulden begleichen. Ich bekomme schon über 3.000 Euro von dir. Wann willst du mir das Geld überweisen?", fragte Martin sofort, als CM wieder protzte.

„Martin, so einfach ist das nicht. Bettina in Spanien kann zurzeit nicht zahlen, sie hat Ware bekommen. Und die Kunden haben bestellt, aber die Lieferungen sind noch unterwegs. Das dauert alles. Du wirst dich noch gedulden müssen. Aber, ich kann dir eines versprechen, ich habe da eine große Sache am Laufen! Wenn das klappt, dann können wir alle, du, deine Frau, deine Tochter und dein ganzes Personal reich werden! Ich kann noch nicht darüber sprechen – noch sehr geheim! Aber, ich hoffe, bei meinem nächsten Besuch in Osnabrück weiß ich schon mehr! Dann sollst du alles erfahren. Martin, dann lachst du über diese läppischen 3.000 Mäuse", prahlte Herr Kern.

„Rede nicht immer solchen Stuss, ich will nur das, was mir zusteht!", sagte Martin und knallte den Hörer des Telefons auf.

Er konnte diese Reden nicht mehr hören.

⊞

„Wie bekomme ich die Sache mit den Kliniken schnell zum Laufen? Ich muss unbedingt das Feuer in Spanien am Lodern halten. Vielleicht hat dieser ungebildete Mann etwas erreicht, der wollte sich ja kümmern. Ich werde Bettina anrufen. Und ich muss auch den Schild anrufen. Der verkauft kaum Cosmek-Produkte! Und dann, ich weiß gar nicht, wie ich das alles schaffen soll! Ich brauche eine Sekretärin. Die muss super sein, und mindestens Spanisch, Englisch, Deutsch und Französisch sprechen! Besser, sie spricht es nicht nur!"

⊞

Am folgenden Morgen telefonierte CM also zunächst mit Bettina in Spanien. Unbedingt wollte er wissen, was Antonio in Sachen Grundstück erreicht hatte. Herr Kern erfuhr, Antonio sei Spanier – da dauert es eben immer etwas länger. Auf keinen Fall würde das eine Ruckzuck - Sache werden, er solle sich gedulden. Geduld hatte Herr Kern nicht.

„Meine Sponsoren machen Druck. Aber ich habe noch einen Interessent an der Hand, der will unbedingt mit einsteigen. Wenn das klappt, dann können wir die Klinik gleich mit 2000 Betten bauen. Drück uns die Daumen", lamentierte Herr Kern.

Bettina konnte es nicht mehr hören!

„Bevor du jetzt wieder in Millionen denkst, was macht denn nun unser Geld? Es ist jetzt schon mehr als vier Monate her, die Versicherung muss doch schon lange überweisen haben!"

Herr Kern hatte jede Menge Argumente, die ganz deutlich machten, es sei dafür noch viel zu früh. Sobald das Geld angewiesen sei, würde er sich melden und den Betrag dann sofort auf das Konto der Deutschen überweisen. Sie musste sich also noch weiter gedulden.

Herr Kern hatte das Gefühl, alle hätten sich gegen ihn verschworen. Sie nahmen ihn nicht ernst, sie boykottierten ihn und alle arbeiteten irgendwie gegen ihn!

„Ich hoffe, die springen nicht ab. Wir waren nicht wirklich erfolgreich. Ich brauche den Markt in Spanien, nein, besser gesagt, ich will den Markt in Spanien. Meine Produkte sind die besten! Das werden die auch noch schnallen. Ich schaffe das! Mal sehen, wie ich aus der Nummer mit der Versicherung rauskomme? Und dann muss ich mich auch noch um die Ausbildung von diesem Haarakrobaten in Osnabrück kümmern! Immerhin bekomme ich dann die letzte Rate!"

Tatsächlich fuhr Herr Kern acht Wochen später erneut zurück nach Deutschland. Ludmilla hatte gar kein Verständnis mehr dafür. Die Tatsache, dass ein Diplomat in seiner Stellung immer wieder abrufbereit sein musste, interessierte sie nicht. Ludmilla hatte schon lange das Gefühl, dass Carl-Michaels Aufenthalte in Deutschland nicht nur mit dem Geschäft zu tun hatten. Immer wieder hatte sie, wenn CM nicht im Haus war, den PC eingeschaltet und sich seine Skype-Kontakte betrachtet. Es gab auffällig viele Frauen und nur sehr wenige Männer. Das konnten doch nicht alles Geschäftskontakte sein? Ludmilla war sich nicht mehr sicher, ob ihr Liebster sie wirklich von Herzen liebte oder ob er nur auf der Suche nach einem billigen Quartier war!

Herrn Kern wählte für diese Reise wieder den normalen Landweg. Seine Erinnerungen an die Überfahrt mit der Fähre und an die Perle aus Rio wollte er nicht unbedingt wieder auffrischen. Darüber war vor allem Gerda glücklich. Hatten sie doch endlich wieder ihren Freund in ihren Fängen. Herr Kern hatte sie jedoch gleich darüber aufgeklärt, sein Besuch war hauptsächlich geschäftlicher Natur und er hatte nur sehr wenig Zeit für sie. Sie reagierte enttäuscht und hatte wenig Verständnis dafür.

„Gerda, ich bin dabei einen neuen Markt zu erobern und das braucht einen klaren Kopf. Der Auftrag seiner Exzellenz aus der Schweiz braucht auch Fingerspitzengefühl und dann noch die Planung für die Klinik! Ich weiß gar nicht, wo mir der Kopf steht!", erklärte Carl-Michael.

„Wenn du möchtest, ich könnte dir ja Arbeit abnehmen. Das ist für mich so gar kein Problem, ich habe immer Zeit am Nachmittag, könnte für dich als Sekretärin arbeiten!", schlug Gerda ihrer Liebe vor.

Herr Kern kratze sich am Hinterkopf und dachte einen Moment darüber nach. Das war gar keine so schlechte Idee, denn so hätte er zu gegebener Zeit Unterstützung, die würde ihm nutzen können. Sicherlich auf eine andere Art, als Gerda es dachte!

Einige Tage später, als CM alle Unterlagen zusammengestellt hatte, informierte er seine Gerda.

„Ich würde mich freuen, wenn du diese Unterlagen vom Architekten so zusammenstellen könntest, dass ich sie als Anlage an die Sponsoren versenden kann. Das sind die Planungsunterlagen für die Klinik, mit allen Infos über Größe und Ausstattung. Ebenfalls dazu bitte eine Zusammenstellung aller Sponsoren. Aber bitte ohne Namen, nur A, B, C, die Herren wollen anonym bleiben. Es fließen auch Schwarzgelder rein, ich bin so auch nebenbei noch Waschmaschine", erklärte CM und lachte dabei wieder so fies, dass Gerda sich erschrak.

„Ich werde noch mal nach Berlin fahren müssen; ich weiß den Tag noch nicht, bekomme noch den genauen Einsatz per Mail. Mein Auftrag als Diplomat geht vor. Aber dieser Tag gehört uns und die Nacht auch!", hauchte er Gerda ins Ohr und das unrasierte Kinn war nicht angenehm auf ihrer Haut.

Am nächsten Morgen, Gerda war zur Arbeit gefahren, rief er bei seinem Meisterfriseur in Osnabrück an. Herr Kern erkundigte sich nach dem Stand seiner Ausbildung und nach dem Absatz der Cosmek-Produkte. Über seinen geplanten Besuch in den nächsten Tagen sagte er nichts.

„Das war wieder ein sehr geschickter Zug Herr Diplomat! Gerda auf diese Weise mit ins Boot zu nehmen, so kann sie auch mal am PC helfen und nicht nur, indem sie ihre Beine breit macht. Ich brauche unbedingt frischen Wind, immer diese aufgewärmte Langeweile. Vielleicht sollte ich mich im Netz umschauen! Gar keine schlechte Idee Herr Kern! Ich könnte gleich für Osnabrück suchen, da bin ich sowieso immer ohne Beschäftigung."

Einige Tage später verabschiedete sich Herr Kern von seiner Gerda. Angeblich hatte der Schweizer Konsul ihn zu sich bestellt, in einer dringenden

Angelegenheit. In Wirklichkeit jedoch fuhr CM nach Osnabrück. Aus dem Auto rief CM bei Martin an und bat um einen Gesprächstermin.

„Seit wann vereinbarst du einen Termin mit mir? Du stehst doch sonst auch immer unangemeldet in meinem Salon!", konterte Martin.

Am Nachmittag fuhr der gepanzerte Wagen vor dem Friseursalon vor. Die alte Reisetasche ließ Herr Kern zunächst einmal im Fahrzeug zurück, da er nicht wusste, wie Martin reagieren würde. Eventuell hätte er sich für die kommenden Nächte eine andere Unterkunft beschaffen müssen. Kaum öffnete sich die Tür zum Salon entdeckte Martin Herrn Kern auch schon.

„Da kommt der Herr Kern mit der Terminvereinbarung! Der sonst immer unangemeldet hier auftaucht!", begrüßte Martin Herrn Kern.

„Ich wollte ganz sicher sein, dass ich dich erreiche. Ich habe wichtige Neuigkeiten. Wir müssen unbedingt reden!", erklärte Herr Kern und war sichtlich aufgeregt.

Die beiden Männer gingen in den Aufenthaltsraum des Salons und kaum war die Tür hinter ihnen geschlossen, platze es aus CM hervor.

„Jetzt ist es endlich soweit. Ich eröffne in der Schweiz eine Klinik!"

Martin, der schon so viele Neuigkeiten von Herrn Kern vernommen hatte, schwieg. Er wartete darauf, dass weitere Fakten auf den Tisch gelegt wurden. CM saß vor ihm, ein breites Grinsen im Gesicht, die Hände vor dem Bauch verschränkt, so als hätt er bereits die erste Million verdient!

„Es waren langwierige Verhandlungen. Die Sponsoren hatten unendlich viele Bedingungen. Jetzt ist alles in trockenen Tüchern und der Bau kann beginnen. Der Architekt hat auch schon mit den Korrekturen begonnen, da fehlten hier und da noch einige Räumlichkeiten. Die Entscheidung darüber hat mir das Komitee aber überlassen. Ich werde Klinikchef. Und nun Martin, nun kommst du mit ins Boot. Ich brauche dich und auch deine Frau. Ich möchte, dass Ihr alle für mich arbeitet. Deine Firma übernehme ich, das Personal auch. Die können monatlich 3.000 Euro erhalten, wenn sie dabei bleiben und Cosmek verkaufen. Ich zahle dir und auch deiner Frau ein monatliches Gehalt von jeweils 15.000 Euro. Ich möchte gerne, dass deine Frau für mich und die Klinik die Buchhaltung übernimmt, das ist ein Job auf Vertrauensbasis. Martin, du wirst weitere Friseure suchen und als Kontaktperson fungieren. Ich denke, für deine Kinder finden wir auch noch einen Job. Ihr müsst allerdings mit mir in die Schweiz kommen und dort leben. Das ist die einzige Bedingung.“

Herr Kern war gar nicht mehr zu bremsen, er warf nur so mit den Eurobeträgen um sich. Martin war, wie immer, sehr skeptisch!

„Martin, ich habe jetzt noch einen Termin bei einem anderen Friseursalon ganz in der Nähe. Vielleicht können wir das Gespräch an einem Abend fortsetzen!

Meine Zeit ist knapp, ich habe noch so viel zu klären und zu erledigen!"

Martin stimmte zu und machte Herrn Kern den Vorschlag, am Wochenende zum Grillen zu kommen. CM erhob sich schwerfällig und stimmte zu.

„Ich ruf dich an und sage, wann ich komme", rief er noch beim Verlassen des Salons.

Martin blieb kopfschüttelnd zurück und berichtete erst einmal seiner Frau von den Neuigkeiten des Cosmek-Chefs.

Herr Kern stieg in seinen Wagen und fuhr die wenigen Kilometer nach Rheine, dort war er mit einem weiteren Friseur verabredet. Auch er war bereits ein Abnehmer der Cosmek-Produkte und ein Vertriebspartner der Nagesu-Kapseln. Und auch ihn wollte Herr Kern mit in die Schweiz nehmen, da er auf Nummer sicher gehen wollte, falls der Martin Richard nicht ordentlich arbeiten würde. Hans Hermann, Weltmeister und Europameister im vergangenen Jahr, begrüßte Herrn Kern herzlich.

„Wie schön, dass du es mal wieder einrichten kannst, mich zu besuchen. Wir sehen uns ja leider viel zu selten. Kannst du denn ein paar Tage bleiben?", wollte er von CM wissen.

Herr Kern erklärte, er hätte so viel zu regeln und auch ehrlich gesagt wenig Zeit, weil so viele neue Aufgaben für ihn vorgesehen waren.

„Ich muss mich auch noch um eine Unterkunft kümmern. Ich habe noch kein Hotelzimmer für die nächsten Nächte!"

„Wenn du möchtest, dann kannst du mein Gästezimmer im Dachgeschoss nutzen! Ich biete es dir an, ist kein Palast, wie du es sonst wohl in deinem Haus gewohnt bist, aber immerhin ein sauberes Bett!", sagte Herr Hermann und stand erwartungsvoll vor dem Cosmek-Chef.

Hans hätte sich sehr gefreut dem Geschäftsmann und Diplomaten bei sich ein Dach über dem Kopf bieten zu können. Er versprach sich davon auch persönliche Vorteile! Herr Kern war begeistert, genauso wollte er es.

„Kann ich denn bei dir auch ins Internet? Ich muss dringend ein paar Dinge erledigen!", fragte Herr Kern.

Auch diesen Wunsch konnte Hans ihm erfüllen, er geleitete ihn auf das Gästezimmer und verabschiedete sich erst einmal. Das Geschäftliche wollten sie nach Feierabend besprechen.

„Na, das hat doch geklappt! Sehr gut, so spare ich schon mal Geld für ein Zimmer. Und ich denke, ich werde hier auch verpflegt werden, gratis! Man muss sehen, wie man zurechtkommt. Nachher werde ich ihm die Klinik in der Schweiz

schmackhaft machen. Und die Sache mit dem Finanzmenschen muss ich auch noch regeln. Und jetzt erst mal ins Netz! Ich werde mir für die nächsten Abende etwas Nettes suchen. Dafür reicht mein Geld noch allemal!"

⌗

Die Familie Hermann hatte schon mit dem Abendessen begonnen als Herr Kern endlich aus seinem Zimmer kam.

„Hallo, wir dachten schon, du bist eingeschlafen", bemerkte Hans locker.

„Nein, ich habe so viel zu tun! Schlaf, daran kann ich nicht denken."

Jetzt begann Herr Kern sich seinen Teller mit Bratkartoffeln zu füllen, dazu gab es Sülze und Remouladensoße. Es sah sehr lecker aus und CM schlug so richtig zu. Als Nachtisch hatte Frau Hermann ein Tiramisu vorbereitet, Herr Kern fand es sehr schmackhaft und leerte zum Schluss noch die Schüssel. Dann setzte er sich bequem hin und begann von seinem Projekt Klinik in der Schweiz zu berichten. In allen Einzelheiten erklärte er seinen Gastgebern, warum diese Klinik gebaut werden sollte und woher das viele Geld für den Bau wäre.

„Ich habe einen Vertrag mit VW abgeschlossen, die möchten, dass ich mich um ihre leitenden Angestellten kümmere. Wie sollen bei mir ausspannen, ihre Batterien wieder aufladen. Das geht mit den richtigen Anwendungen und mit den Nagesu-Gesundheitskapseln."

Die beiden Hermanns waren sehr beeindruckt und stellten immer neue Fragen. Herr Kern lief zu Höchstform auf.

„Ich möchte auch euch mit in die Schweiz nehmen. Ich zahle euch monatlich 15.000 Euro Gehalt für die Betreuung der Geschäftspartner und für die Neu-Akquise. Am besten Ihr verkauft euer Haus hier und sucht euch in der Schweiz etwas Neues. Hans, du hast mir doch von deinem Finanzverwalter berichtet. Mit dem möchte ich sprechen. Ich brauche ihn dringend. Die ersten Gelder werden ausgezahlt und ich muss sie anlegen, bis zum Start des Klinikbaus."

Hans Hermann war ganz aufgeregt, er stand auf und rief seinen Bekannten sofort an. Kurz nach dem Gespräch berichtete er freudestrahlend, Markus Sulzbach würde am nächsten Tag vorbeischauen, dann könne CM selbst mit ihm verhandeln! Viel später als gedacht zogen sich danach alle Beteiligten zurück, der nächste Tag würde wieder sehr anstrengend sein.

„So, das habe ich auch geschafft. Wenn dieser Markus dann alles regelt, steht der ersten verdienten Million nichts mehr im Wege! Die Anzeige habe ich auch geschaltet, was sich da wohl alles für nette Perlen melden? Morgen wird das Telefon nicht mehr stillstehen. Ich muss jetzt wohl besser ins Bett, so richtig gut geht es mir nicht. Ich habe wohl doch zu viel gegessen.“

Nach dem gemeinsamen Frühstück erschien der Finanzmakler im Salon bei Hans Hermann. Auch er war aufgeregt, ein solches Projekt zu betreuen war eine Herausforderung. Gemeinsam saßen CM und Markus zusammen und debattierten, diskutierten und planten, wie man am schnellsten Millionär werden könnte.
„Ich würde dich gerne dabei haben. Verkaufe hier alles. Kündige deinen Job und komm mit in die Schweiz.“
Markus Sulzbach war begeistert. Er wohnte nur zur Miete, das war also gar kein Problem. Allerdings müsste er eine dreimonatige Kündigungsfrist einhalten, würde aber noch heute alles Erforderliche veranlassen. Herr Kern und Markus tauschten zuerst alle wichtigen Infos aus, Einzelheiten würden dann per E-Mail folgen. Beide verabschiedeten sich und Markus verließ den Salon mit einem frohen Lied auf den Lippen!

Am Abend fuhr Herrn Kern zu Martin nach Osnabrück, der Grillabend sollte ein Erfolg werden, für alle Beteiligten.

Man saß entspannt auf der Terrasse, eine Flasche Bier nach der anderen wurde geöffnet. Auf dem Grill lagen leckere Koteletts und jede Menge Würstchen. Dazu hatte Frau Richard einen leckeren Kartoffelsalat zubereitet.

„Ich habe schon einen Finanzexperten eingestellt. Die ersten vier Millionen Euro werden in der nächsten Woche auf meinem Konto eingehen. Und ich habe noch eine tolle Überraschung für euch! Ich habe eine Erbschaft gemacht. Ich war ja schon oft in Afrika und hatte dort mit einem König Kontakt. Zuerst wollte ich dort die Klinik errichten, aber meine Sponsoren hatten Angst, da es ja dort immer wieder zu Unruhen kommt. Dieser König ist verstorben und hat mir eine Diamantenmine vererbt! Stellt euch das mal vor, ich bin stolzer Besitzer einer eigenen Mine! Nun steht dem Projekt Klinik nichts mehr im Wege. Ich habe auch schon mit Magda Thieme gesprochen, sie kommt auch mit in die Schweiz. Sie wird die Ausbildung der Pharma-Cosmetologen übernehmen. Sie hat den Abschluss ja schon seit Jahren und ist eine erfolgreiche Ausbilderin, auch für die Akademie. Ärzte werden eine Zusatzausbildung machen, ich habe schon mit einigen gesprochen."

Herr Kern hatte sich sehr eindrucksvoll in Pose gesetzt. Alle Augen waren auf ihn gerichtet. Martin war noch immer nicht ganz überzeugt. Darauf zog Carl-Michael einen Zettel aus seiner Gesäßtasche, auf der einige Namen notiert waren. Es waren alles Ärzte, die im Umkreis lebten und praktizierten. Die meisten Namen kannte Martin!

„Wenn du es mir nicht glaubst, sobald das Geld auf meinem Konto ist, lasse ich dir einen Auszug zukommen! Dann kannst du es mit eigenen Augen sehen!"

Martin wollte keinen Kontoauszug sehen. Er brauchte Abstand und musste darüber nachdenken. CM fuhr in der Nacht noch zurück nach Rheine.

Am nächsten Morgen saßen Hans und Regina in Rheine am Frühstückstisch. Sie warteten darauf, dass Herr Kern aufstand. Sie wollten hören, was die Gespräche am gestrigen Tag ergeben hatten. Aber es blieb still. Kurz bevor Hans losfuhr, er hatte für diesen Montag einen Besuch bei seiner Bank geplant, ging er ins Dachgeschoß. Er klopfe an die Tür. Es blieb still.

„Hallo! Carl-Michael!", rief er und klopfte dabei noch etwas fester an die Tür.

Es blieb still. Dann öffnete er und schaute durch einen Spalt ins Zimmer.

„Scheiße!", rief er ganz laut.

Carl-Michael Kern lag auf seinem Bett, angezogen und es sah nicht wirklich gut aus. Hans ging zu ihm, schüttelte ihn, aber er blieb stumm. Sofort rief der Friseur 112 an und forderte einen Rettungswagen an. Der Arzt und zwei Sanitäter versorgten Herrn Kern vor Ort und nahmen ihn dann mit in die Klinik nach Osnabrück.

Natürlich erfuhr auch Martin von dieser Einlieferung. Am nächsten Tag besuchte er Herrn Kern im Krankenhaus. Martin fand CM in einem Mehrbettzimmer wieder, ohne eigene Kleidung, in einem Krankenhaus-Nachthemd. Auf dem Tisch neben seinem Bett lagen diverse Pakete mit Einmalwindeln für Senioren. Und daneben stand ein Zahnputzglas mit seinem Gebiss. Er sah erbärmlich aus. Herr Kern berichtete er hätte einen Zuckerschock erlitten.

„Ich wusste gar nicht, dass du Diabetiker bist! Warum hast du nie etwas gesagt?"

CM erklärte, es schien ihm wohl schon besser zu gehen, er hätte sich als Arzt natürlich immer selbst behandelt. Daher wäre er auch in keiner Krankenversicherung.

„Zu dumm, nun liege ich hier in einem Mehrbettzimmer! Ich konnte ja nicht sagen, dass ich Privat liegen möchte, ich war ja ohne Bewusstsein bei der Einlieferung. Nun ist es auch egal, ich werde bald entlassen. Ich habe noch etwas für dich!", dabei zog er einen Umschlag aus der Schublade des kleinen Beistelltisches neben dem Bett.

Martin öffnete das Couvert und es kamen Pläne eines Architektenbüros zum Vorschein. Die Baupläne für die Klinik in der Schweiz.

„Carl-Michael lasse uns darüber sprechen, wenn du wieder fit bist. Ruf mich einfach an und komm dann in den Salon!", bat Martin und verließ das Krankenzimmer.

Er hatte Herrn Kern alles Gute gewünscht, konnte aber auf keinen Fall noch länger dort bleiben. Diesen Geschäftsmann und Diplomaten so zu sehen, hatte ihn sehr verunsichert.

Tatsächlich erschien Herr Kern einige Tage später wieder im Salon des Herrn Richard. Martin war erleichtert, dass es CM wieder besser ging. Dann war das Thema der beiden wieder das Klinik Projekt.

„CM, ich bin mir nicht sicher, ob ich das will. Ich kann dir nicht glauben, du hast schon so viel gesagt. Auf mein Geld warte ich immer noch!", merkte Martin an.

CM zog seinen Laptop auf den Tisch und startete das Skype-Programm. Nach einigen Worten und Erklärungen übergab CM Herr Richard das Headset mit den Worten.

„Nimm mal an. Das ist meine Sekretärin in Rostock. Sie wird dir bestätigen, dass alles stimmt. Sie wird dir auch in Zukunft jede Frage beantworten und dich immer auf dem Laufenden halten."

Martin sprach eine Weile mit dieser Frau, sie hieß Gerda und erklärte, sie sei seit vielen Jahren Herrn Kerns Sekretärin. Martin notierte sich die Daten und versprach sich wieder bei ihr zu melden. Auch mit dem Finanzmanager Markus Sulzbach musste Herr Richard sprechen. Auch er bestätigte, dass die ersten fünf Millionen bereits auf dem Konto eingegangen wären. Nach Beendigung des Telefonats verabschiedete sich CM noch bei Markus und schloss dann Skype. Aus seiner Jackentasche zog er einen Umschlag.

„Hier ist der Kontoauszug, mit dem Millioneneingang. Schau ihn dir an!", bat Herr Kern und wedelte mit dem Papier unter Martins Nase hin und her.

Der wollte aber noch immer keinen Auszug sehen und stand auf.

An der Tür blieb er stehen und fragte dann:

„Sag mal, nimmst du mir noch die Prüfung ab? Und ich bekomme doch auch noch eine Bestätigung über den Abschluss des Studiums zum Pharma-Cosmetologen, oder?"

Herr Kern musste im Kopf umschalten. Dazu hatte er jetzt keine Zeit, aber er wollte Martin nicht noch weiter reizen. Am nächsten Tag wollten sie sich darum kümmern.

„Ich habe die Originale in der Akademie, es müssen noch zwei weitere Professoren unterschreiben. Danach schicke ich sie dir!"

Dann trennten sich CM und Martin.

■

„Ich versteh den Martin nicht. Ich biete ihm und seiner Frau 30.000 Euro monatlich. Er muss sich um nichts kümmern, ich übernehme sein Haus und seine Firma. Und der Mann zweifelt! Zum Glück gibt es Menschen wie Hans Hermann und Markus Sulzbach. Ich werde mit dem noch ganz Großes schaffen! Die werden schon sehen!"

■

Herr Kern blieb noch einige Tage bei Hans Hermann in Rheine. Gespräche über die Gründung einer Aktiengesellschaft gingen durch seinen Kopf. Seine Idee war, zunächst die Millionen der Sponsoren dort zu parken um sie zu vervielfachen, indem er Anteile auf dem Markt verkaufte.

Am Nachmittag rief Herr Kern in Spanien an. Er informierte Bettina darüber, dass die Sponsoren endlich die Freigabe der Kredite zugesagt hätten und dass schon die ersten zwanzig Millionen auf seinem Konto eingetroffen wären. Bettina war überrascht und auch Werner konnte nicht glauben, was er da hörte.

„Hallo CM! Sag mal, woher hast du das Geld? Und was ist mit unserem Geld?", wollte er via Skype von Herrn Kern wissen.

„Ihr bekommt euer Geld. Ich brauche euch ja noch. Ich möchte, dass du eine Villa für mich suchst. Aber nicht so ein Popelhaus, wie bei euch. Ich will eine richtige Villa. Geld spielt keine Rolle. Fünf oder acht Millionen. Ich brauche viele Zimmer. Während der Bauphase soll dort mein Personal untergebracht werden. Fachleute, Architekten, Experten für Elektrik und ich brauche einen Hubschrauberlandeplatz! Kannst du Angebote einholen und mir dann zumailen?", fragte Herr Kern.

Werner saß vor dem PC und glaubte nicht, was er da hörte.

„Pass mal auf Carl-Michael. Zuerst überweise mal das Geld an uns. Dann komm her und suche dir deine Villa. Fünf Millionen, du bist doch größenwahnsinnig! Ich glaube dir kein Wort! Komm runter von deiner Wolke und bleib mal auf dem Teppich!"

Dann unterbrach Werner das Gespräch. Er konnte sich vor Lachen kaum halten und auch Bettina war der Meinung, Herr Kern wäre wohl etwas abgedreht!

„Was wollen die von mir? Wenn die nicht verdienen wollen, dann eben nicht. Ich finde auch andere, mit denen ich mein Geschäft machen kann. Diese Bettina war in Spanien so unmöglich. Nicht mit mir! So nicht. Und jetzt fängt auch noch Werner an querzuschießen. Zum Glück habe ich diesen Finanzkerl, der glaubt mir!"

Scheinbar war das Glück nicht ganz auf der Seite des ehrenwerten Geschäftsmannes aus Litauen. Kaum hatte er sich von dem Gespräch mit Werner erholt klingelte seine Skype-Leitung erneut. Seine Freundin Gerda rief an.

„Hallo, meine Liebe! Ich küsse dich, wohin auch immer! Wie geht es dir? Was willst du?", fragte er Gerda ein wenig zu scharf.

„Mein Schatz, ich weiß nicht so recht, was ich machen soll. Dein Super-Haar-Schneider in Osnabrück hat mit eine Mail geschickt. Es war ein Link hinterlegt. Er führte mich auf eine Seite, in der du eine junge, schöne, vollbusige Frau zum Geschlechtsverkehr suchst! Dein Foto war in die Anzeige eingefügt. Deine Handynummer stimmt auch überein. Kannst du mir das erklären?", fragte Gerda, sie schien dabei völlig ruhig und entspannt.

„Was? Das kann doch gar nicht sein! Wie kommt das denn? Woher hast du den Link?", polterte CM los.

„Ich sagte es bereits, dieser Haar-Schneider hat ihn mir geschickt. Was soll ich ihm denn antworten? Liebling, was soll das?", fragte Gerda und hatte immer noch nicht verstanden, was sie da im Internet gesehen hatte.

Herr Kern beendete das Gespräch mit einer Ausrede, er hätte jetzt keine Zeit und müsse dringend zu einem Geschäftstermin. Er trennte den PC vom Internet. Langsam lehnte er sich zurück und schaute ins Leere. Was nun noch? Reichte es immer noch nicht? Leider waren seine Zigaretten alle und so blieb CM nichts anderes übrig als sich anzuziehen und das Haus zu verlassen. Als er in seinem gepanzerten Fahrzeug saß und der Motor lief fuhr Herr Kern ohne darüber nachzudenken in Richtung Osnabrück. Er wollte mit Martin reden!

„Ich muss sehen, dass ich das wieder hinbekomme. Ich brauche diesen Haarakrobaten für meine Klinik in der Schweiz. Wie soll das ohne ihn klappen? Was denken sich diese Menschen? Warum wollen sie mir alle schaden? Ich glaube, da haben diese Juden schon wieder ihre Hand im Spiel! Diese Halsabschneider! Ich muss mit Martin reden!"

Leider lief der Verkauf der Cosmek-Produkte nicht wirklich gut. Leben konnte Herr Kern noch nicht davon, auch wenn die Umsätze immer konstant waren. Herrn Kern schwebte eine monatliche Summe von mindestens 50.000 Euro vor, zurzeit kam er mal gerade auf 1.000 Euro, wobei der Erlös der Nagesu-Gesundheitskapseln schon eingeschlossen war. So konnte es nicht weitergehen. Da stolperte der Diplomat über eine Anzeige im Internet. Eine Firma benötige einen Fahrer für Kurierfahrten im Umland von Osnabrück bis zur niederländischen Grenze. Ohne lange zu überlegen rief Herr Kern die Firma an und vereinbarte einen Gesprächstermin. Der Chef dieser Firma wunderte sich sehr über diesen Herrn. Letztendlich war es ihm aber egal, wie er aussah und was er so von sich gab! Er sollte ja nur die Pakete von A nach B fahren. Da sich so kurzfristig keine weitere Person beworben hatte, bekam Herr Kern den Job. Es sollte keine Festanstellung sein, nur ein temporärer Aushilfsjob. Den ersten Auftrag bekam CM sofort. Er sollte ein Paket von einer Tankstelle in Osnabrück nach Hasbergen fahren. Aus dem Autoradio tönte Musik, CM fuhr entspannt und freute sich, mit einer Autofahrt Geld zu verdienen. Nach dem Abschluss dieses Auftrages fuhr er zurück nach Osnabrück. Er musste jetzt unbedingt mit Martin sprechen. Der Salon war gut besucht.

Martin entdeckte Carl-Michael und begann sofort auf ihn einzureden:

„Na, du traust dich ja was! Suchst im Netz nach Frauen. Klappt wohl so nicht mehr, gell?", scherzte Martin.

Carl-Michael legte einen Umschlag auf den Tresen des Empfangs und verließ ohne ein Wort gesprochen zu haben den Salon wieder! Martin öffnete den Umschlag, es lag eine Rechnung darin über die letzte Cosmek-Lieferung. Den Salon hat Herr Kern seit diesem Tag nie wieder betreten! Die versprochenen Beträge hatte er auch noch nicht bezahlt.

Er stieg in seinen gepanzerten Wagen und verließ Osnabrück wieder. Er wollte zurück zu Hans Hermann nach Rheine. Es war an der Zeit den Osnabrücker Raum wieder zu verlassen. Er war sich sicher, Niedersachsen hatte ihm kein Glück gebracht.

Hans Hermann war froh ihn wieder zu sehen. Auch Markus hatte sich schon mehrfach nach ihm erkundigt.

„Ich weiß nur, dass er wegen der Gründung der AG noch etwas mit dir klären wollte. Vielleicht rufst du ihn später noch mal an!", teilte Hans ihm mit.

Zuerst aber verschwand Carl-Michael in seinem Zimmer um eine Verbindung ins Internet herzustellen. Ludmilla wurde angerufen, sie freute sich sehr, dass ihr Liebster zurückkehren wollte. Abschließend löschte Herr Kern noch die online gestellte Anzeige, mit der Herr Diplomat eine Dame für seine Matratzengymnastik gesucht hatte! Nun konnte er hier abschließen.

Den Abend verbrachten Regina und Hans gemeinsam mit ihrem Gast. Sie wussten noch nicht, dass CM am nächsten Tag zurück nach Litauen fahren wollte. Aber, es kam anders, als alle gedacht hatten! Am späten Abend hatte Herr Kern noch einen Anruf der Transportfirma erhalten. Er müsse unbedingt noch einmal eine Lieferung nach Hasbergen fahren. Nun würde Herr Kern niemals eine Chance auslassen, schnell Geld zu verdienen. Er sagte also zu. Nach dem Frühstück verabschiedete er sich von den beiden Hermanns. Sie würden sich per Skype weiter verständigen. Das wäre dank dieser Technik ja gar kein Problem. Die alte Reisetasche verschwand im Kofferraum, dann holte Herr Kern die für den Transport bestimmte Ware ab.

Der Wagen fuhr mit hoher Geschwindigkeit über die Landstraße. Er kümmerte sich nicht um Beschränkungen und Verbote. Ihm würde, wie schon so oft in solchen Situationen, der blaue Pass helfen. Aus dem alten Autoradio erklang Tina Turner, viel zu laut und blechern. Es wurde ihr nicht gerecht. Das Ortseingangsschild am Straßenrand ermahnte alle Fahrer, die Geschwindigkeit auf die üblichen 50 km/h zu reduzieren. Dann klingelte auch noch sein Handy. Er nahm ab und seine Freundin Gerda war am anderen Ende.

„Liebling, was machst du gerade? Wie geht es dir? Du fehlst mir!", hauchte sie in die Muschel.

Carl-Michael wollte gerade antworten, als er im Rückspiegel seines Fahrzeuges einen ihn überholenden

Wagen sah. Dann blickte er auch schon auf die Kelle der Polizei mit der Aufschrift: Halt! Stopp! Polizei!

Dafür hatte Herr Kern überhaupt keine Zeit. Die Kelle des Uniformierten beeindruckte ihn daher kaum. Freundlich kurbelte er die Seitenscheibe herab.

„Guten Tag!", grüßte er kurz aber lächelnd.

Dabei griff seine Hand schon in seine auf dem Beifahrersitz abgelegte Jacke. Dort steckte sein Pass.

„Guten Tag. Verkehrskontrolle. Führerschein und Fahrzeugpapiere bitte!", forderte der Polizist und fügte hinzu:

„Stellen Sie den Motor ab. Danke."

Carl-Michael Kern lächelte und klappte seinen blauen Diplomatenpass auf und wedelte damit umher.

In das Handy sagte er:

„Schatz, warte mal eben bitte. Hier sind zwei nette Herren der Polizei. Bleib ruhig dran. Ich lege dich mal eben aus der Hand!"

Und zu dem Polizisten sagte er dann:

„Ich bin Diplomat. Hier ist mein Ausweis. Sie dürfen gerne darauf einen Blick werfen. Aber bitte nicht anfassen."

Der Polizist bückte sich ein wenig und betrachtet das Dokument. Er schüttelte ein wenig den Kopf und winkte seinen Kollegen hinzu.

„Steigen Sie bitte aus. Aber ganz langsam. Der Schlüssel leibt im Zündschloss."

Die beiden Gesetzeshüter tauschten sich aus, er konnte nichts verstehen.

196

Für die lange Fahrt hatte er sich extra bequem geklei-
det. Seine alte Jeans und ein blaues, schon etwas
verwaschenes Sportshirt. Dazu trug er seine alten
Turnschuhe. Auf der Glatze hatten sich ein paar
Schweißtropfen gebildet. Vor der spärlich behaarten
Brust, die aus dem Shirt hervorschaute, hing an einer
Silberkette eine Halbbrille, sicherlich seine Lesebrille.
Die Polizisten schienen zu einem Ergebnis gekommen
zu sein. Einer der beiden ging zum Fahrzeug zurück
um ein Telefonat zu führen.

„Wie lange wollen Sie mich hier noch stehen lassen?
Ich habe es eilig. Ich muss zu einem wichtigen Termin."

„Ganz ruhig. Wann Sie und wohin Sie fahren, das
bestimmen wir ab jetzt."

Carl-Michael schnaubte und seine Stimme wurde lauter.

„Sie haben kein Recht mich hier festzuhalten. Ich
genieße diplomatische Immunität. Sie dürfen mich
nicht einmal anhalten. Ist Ihnen das klar? Ich habe es
wirklich eilig. Ich muss Ware zu einer Firma bringen.
Man erwartet mich!", konterte er.

„Seit wann sind Sie in Deutschland? Und was ist der
Grund Ihres Aufenthaltes bei uns?", fragte der
Uniformierte ganz ruhig.

„Ich bin Diplomat! Das geht Sie gar nichts an. Ich bin
geschäftlich unterwegs. Basta!"

Der Tonfall wurde schärfer. Carl-Michael war sehr
ungehalten und die Polizisten sichtlich heiter. Diese
Tatsache brachte ihn nur noch mehr zum Schnauben!

„Händigen Sie mir alle Papiere aus, die Sie bei sich führen. Fahrzeugpapiere, Reisepass, Ihren Diplomatenpass und die Fahrzeugpapier dazu.", forderte der Polizist.

Auf seiner Uniform waren mehrere Sterne zu erkennen, er bekleidete einen hohen Dienstgrad. Vielleicht gab ihm das die Sicherheit im Auftreten und die Gelassenheit, die den Verdächtigen so aus der Fassung geraten ließ.

„Was wollen Sie von mir? Was habe ich gemacht, dass Ihnen das Recht gibt, sich hier so aufzuführen? Das erinnert einen ja an das dritte Reich!", polterte der Diplomat.

Der Polizist antwortete nicht, sondern erwartete seinen Kollegen, der noch immer telefonierte. Dann kam er grinsend zurück.

„Sie sind also Diplomat? Das ist ja interessant! Sie fahren einen Wagen mit einem Kennzeichen des Landes Litauen. Sie sind Deutscher Staatsbürger. Und Sie geben an, Diplomat des Reichlandes Freistaat Preußen zu sein? Sie sind also Referent für besondere Aufgaben? Und an ihrem Fahrzeug befindet sich ein Aufkleber des Diplomatischen Corps. Habe ich das alles so richtig verstanden? Herr Carl-Michael Kern?", fragte der Polizist.

Er hielt jetzt den blauen Diplomatenpass, einen blauen Ausweis für Sonderaufgaben, einen roten Reisepass, einen Führerschein und die Fahrzeugpapiere in der Hand.

Herr Kern kochte vor Wut.

„Sie haben doch alle Dokumente in der Hand! Was wollen Sie von mir?", fragte er schnaubend und prustend.

„Ich genieße Immunität. Sie dürfen mich gar nicht kontrollieren. Das wird ein Nachspiel haben für Sie!", legte der Diplomat nach.

Die beiden Polizisten schauten sich an, lächelten und zogen dann die Handschellen aus dem Hosenbund.

„Herr Kern, Sie kommen jetzt erst einmal mit uns. Sie sind im Besitz falscher Dokumente und zur Prüfung Ihrer Personalien geht es auf die Dienststelle."

Herr Kern wurde in den Polizeiwagen gesetzt und sein Fahrzeug wurde von einem der beiden Polizisten am Straßenrand geparkt. Um den Wagen würden sich die Ermittlungsstellen später kümmern. Auf dem Beifahrersitz im Fahrzeug wartete noch immer Gerda, die sich sehr über das Gehörte wunderte.

„Was bilden dieses Uniformierten sich ein? Ich genieße Immunität. Die dürfen mich gar nicht mitnehmen. Die dürfen mich nicht anfassen. Die dürfen nicht mal meinen Pass anfassen. Ich bin Diplomat. Ich bin ….."

Das Polizeifahrzeug brachte seine Fracht in das nahegelegene Revier nach Osnabrück. Eine Tatsache, die Herrn Kern besonders ärgerte. Osnabrück hatte ihm absolut kein Glück gebracht. Und jetzt war er in der Staatsgewalt einiger Uniformierter. Er fühlte sich nicht gut. Seine größte Angst hatte Herr Kern jedoch davor, dass ihn so irgendjemand sehen würde. Es wäre nicht wiedergutzumachen, wenn seine Geschäftskontakte von seiner Festnahme erfahren würden.

Die Polizei befragte Carl-Michael Kern. Sie versuchten festzustellen, wer er wirklich war. Man forderte ihn auf, all seine Taschen zu leeren und alles auf den Schreibtisch zu legen. Dabei war auch seine Geldbörse, der Polizist leerte auch diese aus. Zum Vorschein kamen neben einigen Münzen und einem Zehneuroschein ein Führerschein, ausgestellt in den USA. Da lag dann noch ein scheckkartengroßer, laminierter Ausweis, den ein Äskulapstab zierte. Daneben waren das Bild des Carl-Michael Kern und eine Zulassungsnummer. Die beiden Diplomatenpässe, den Reisepass, den deutschen Führerschein und die Wagenpapiere aus Litauen hatten die Beamten bereits einbehalten. Die beiden Polizisten waren sich sicher, hier konnten sie nicht alleine weiter ermitteln. Der Fall sollte doch lieber von der Kriminalpolizei weiterbearbeitet werden, auf keinen Fall wollten die Ermittler, dass ihnen ein Fehler unterlief.

Herr Kern wurde zunächst in eine Zelle gebracht, in der er sich entspannen konnte! Er war sehr aufgeregt und seine Wortwahl würde ihm, wenn er so weiter machte, sicherlich noch weiteren Schaden zufügen. Die Polizisten informierten die Kollegen der Kripo, die im selben Haus ihre Büros hatten. Damit übergaben sie Herrn Kern der Kriminalpolizei und konnten sich wieder ihren Schutzaufgaben widmen.

Der zuständige Ermittler Horst Kettler sondierte die Sachlage. Zunächst überprüfte er die Personalien und stelle fest, es gab einen Carl-Michael Kern, der auch einen Wohnsitz in Vilnius hatte. Er entdeckte auch die in London eingetragene Firma Cosmek. Danach schaute er auf die beiden gefälschten Diplomatenausweise. Die Kollegen der Streife hatten gute Arbeit geleistet. Besonderer Dank gebührte dem Jüngeren, der sich hobbymäßig mit der deutschen Geschichte beschäftigte. Ihm war sofort aufgefallen, dass es keinen Diplomaten des Staates Preußen geben konnte. Am 25.02.1947 wurde laut Kontrollgesetz der Staat aufgelöst. Der Kripomann lachte, zu der Zeit hatte der Verdächtige noch nicht einmal gelebt! Sicherlich war auch der Kripo bekannt, dass man sich solche Ausweise sogar im Internet bestellen kann. Das jemand allerdings so dreist und auch dumm war, einen Ausweis herstellen zulassen, auf einen nicht existenten Staat, das war auch bei der Kripo noch nicht vorgekommen. Horst Kettler saß schmunzelnd an seinem Schreibtisch und drehte den Führerschein durch seine Hand. Er fragte sich, wieso kann man zwei Führerscheine besitzen? Wenn ein Deutscher das Land verlässt und in der neuen Wunschheimat einen Führerschein beantragt, dann wird der alte Ausweis eingezogen. Das ist überall so, auch in den USA. Hier schien also auch etwas nicht ganz rund zu sein. Danach betrachtete er die Approbation, die das Gesicht des Glatzköpfigen zierte. In Deutschland wird diese in dem Bundesland erstellt, wo der Student seinen zweiten Abschnitt zur ärztlichen Prüfung absolviert hat. Das zuständige Landesverwaltungsamt prüft und erteilt dann die Zulassung. Und dann muss der angehende Arzt zur Ärztekammer. Dort würde Herr Kettler jetzt Nachforschungen anstellen, da dort alle gemeldeten und zugelassenen Ärzte gelistet waren. Ob dieser Ausweis wirklich echt war, würde er spätestens einen Tag später erfahren!

∎

Die Ermittler der Osnabrücker Kripo arbeiteten auf Hochtouren. Alle Befragungen, die Herr Kettler bisher durchgeführt hatte, wiesen Differenzen auf. Herr Kern sagte nicht die Wahrheit, das konnte sogar ein Anfänger feststellen. Seltsamerweise verliefen Anfragen bei Behörden und Ämtern immer wieder im Nichts. Informationen gab es jede Menge, allerdings nicht unendlich zurück. Scheinbar war Herr Kern früher längere Zeit im außereuropäischen Ausland untergetaucht, daher gab es keinerlei Einträge über ihn. Darum würde der Kommissar sich kümmern. Bis auf weiteres blieb Herr Kern in Untersuchungshaft, der Ermittler hatte einen Richter gefunden, der ihn bei seiner Arbeit und der Suche unterstützte. Auch ihm kam dieser Mann sehr suspekt vor.

Aber auch die Geschäftspartner des Herrn Kern wunderten sich. Es kam keine E-Mail, kein Anruf und alle Anfragen blieben unbeantwortet. Lediglich Gerda wusste, was an diesem Tag auf der Landstraße passiert war. Sie hatte es am Handy mitbekommen. Alle ihre Anrufe auf CMs Handy blieben unbeantwortet. Sie erhielt keinen Rückruf und der Speicher der Mailbox war bereits erschöpft.

Endlich kam Licht in die Ungewissheit! Die Osnabrücker Zeitung hatte einen Tipp bekommen. Sie veröffentlichte einen Bericht, in dem haarklein beschrieben wurde, dass es an diesem Tag eine Festnahme gegeben hatte. Man konnte lesen, ein Deutscher, mit einem Fahrzeug mit Litauer Kennzeichen, einem CD – Aufkleber des Diplomatischen Chors sei festgenommen worden. Auch die Tatsache, dass er sich als Diplomat des Staates Preußen ausgegeben hatte und dieses durch einen Diplomatenpass nachweisen wollte, stand dort geschrieben. Jetzt hatten es alle gelesen, alle Geschäftspartner aus der Region, alle Bekannten und seine vielen Freundinnen, die überall verteilt in den Städten und Dörfern lebten. Auch Bettina in Spanien war rein zufällig über diesen Artikel gestolpert, da er auch online zu sehen war. Sie hatte nach Carl-Michael Kern im Netz gesucht, da sie schon seit Wochen nichts mehr von ihm gehört hatte. Es sei an dieser Stelle erwähnt, Herr Kern schuldete den beiden Deutschen noch immer viel Geld! Nun hatte Bettina also gesehen, man hatte den Diplomaten verhaftet! Und er war gar kein Diplomat! Sie schickte sofort diesen Link an all ihre Bekannten und Freunde, die mit CM in Kontakt standen und dir ihr bekannt waren. Seltsam, aber obwohl sich Werner und Bettina sehr ärgerten, war es eine Wohltat für sie, diese Infos zu verbreiten! Herr Kern hatte viel über seine internationalen Kontakte berichtet, so auch von Magda Thieme. Sie war eine sehr gute Bekannte, hatte CM immer berichtet. Bettina hatte jedoch keine E-Mailadresse und auch keinen Skype-Kontakt zu dieser Frau. So suchte sie sich die Telefonnummer aus dem Netz und rief Frau Thieme persönlich an. Wen wundert es, diese Frau glaubte Bettina kein Wort. Sie würde mit Herr Kern darüber sprechen und sich danach wieder bei ihr melden. Bettina war das egal, auch dieser Anruf hatte ihr gut getan!

Je länger diese Untersuchung dauerte, je mehr Probleme ergaben sich auch für die Kunden der Cosmek. Herr Kern konnte nicht mehr für neue Ware sorgen. Das Auslieferungslager in Norddeutschland war ziemlich leer und Kunden mussten vertröstet werden.

Das war gar nicht gut für das Unternehmen. Der Kommissar Kettler hatte tatsächlich einige Tage nach der Verhaftung die Bestätigung erhalten: Herr Kern war kein Arzt. Auch dieser Ausweis war eine Fälschung, eine sehr schlechte dazu, hatte man ihm bestätigt! Weiterhin hatten die Ermittler um Unterstützung bei den Amerikanern gebeten. Es stellte sich relativ schnell heraus, dass auch der in den USA ausgestellte Führerschein eine Fälschung war. Was blieb nun noch? Kommissar Kettler saß an seinem Schreibtisch und schaute auf den roten Reisepass. Sollte es sich hierbei auch um eine Fälschung handeln? Der Name war existent, es gab einen Carl-Michael Kern, der in Litauen gemeldet war und in Norddeutschland geboren war. Er dachte nach und er fühlte ein Kribbeln im Bauch. Das war für den erfahrenen Ermittler das Zeichen, hier musst du einhaken, hier stimmt etwas nicht. Bisher hatte er damit immer richtig gelegen. Wobei in diesem Fall konnte er sich nicht erklären, wonach er suchen sollte. Aber er würde suchen.

„Ich glaube, ich dreh hier noch durch. Wie lange wollen dich mich hier noch festhalten? Ich bin Diplomat, die dürfen das gar nicht. Wie komme ich aus dieser Nummer wieder raus? Hoffentlich fangen die nicht richtig an zu suchen! Aber, was sollten die

Bullen schon finden? Den gefälschten Ausweis wissen sie schon. Aber, ich will hier raus. Ich muss mich um meine Firma kümmern. Und um meine Geschäftspartner. Ich muss Ware ordern. Und Ludmilla! Was wird wohl Ludmilla denken, wenn ich mich nicht melde?"

Kommissar Kettler beauftrage die Kollegen der Schutzpolizei den auf der Landstraße geparkten Wagen des Verdächtigen ins Kommissariat bringen zu lassen. Sie mussten sich um den Inhalt kümmern. Herr Kern hatte angegeben einen Koffer mit Dokumenten im Auto zu haben. Darum wollte sich Kommissar Kettler jetzt kümmern.

Am Nachmittag wurde der Inhalt des Fahrzeugs ins Büro gebracht. Das Handy wurde einem Techniker übergeben. Den Koffer nahm sich der Ermittler selbst vor. Der alte Laptop kam zum Vorschein und auch er wurde an den Techniker übergeben. Es folgten eine Mappe mit Papieren und ein Briefumschlag, Größe DIN A 5, daraus fielen Fotos auf den Schreibtisch. Sie erweckten das Interesse des Kommissars. Sie zeigten Frauen, junge, alte, dünne und dicke Frauen. Alle waren nackt und in sehr eindeutigen und teilweise obszönen Posen. Herr Kettler pfiff und rief seinen Kollegen aus dem Nachbarbüro herbei.

„Wolfgang, komm mal her! Willst du mal was richtig Scharfes sehen?", rief er laut.

Kurz darauf erschien Wolfgang Stern, der langjährige Kollege des Ermittlers. Ihm reichte Horst die Fotos und wartete auf eine Reaktion!

„Wo hast du die denn her? Mein lieber Scholli! Das sind bestimmt Professionelle. So viele verschiedene Frauen?", stellte Wolfgang fest und blätterte durch die Fotos.

Es waren mindestens 100 Stück von 100 Frauen!

„Die stammen aus dem Koffer unseres Tatverdächtigen, also von Carl-Michael Kern. Der Herr hat es wohl nötig! Na ja, die Frauen sehen so aus, als hätten sie es freiwillig gemacht - sieht nicht nach Gewalt aus. Ist ja nicht strafbar! Wenn der geile Bock es braucht!", bemerkte Wolfgang und hatte das Interesse an den Bilder auch schon wieder verloren.

Viel sehenswerter fand er die Unterlagen, die in der Mappe auf dem Schreibtisch lagen. Er begann zu blättern und zu lesen.

„Unser Herr Kern wollte eine Klinik bauen – in der Schweiz! Aber nicht nur da, auch noch in Andalusien! Hier sind Baupläne, Fotos, Grundrisse und Planungsinfos eines Architekten. Den werden wir mal überprüfen. Schau dir das mal an. Ein Kontoauszug eines Kontos der Sparkasse in Osnabrück. Der Kontostand, da muss ich die Finger zu Hilfe nehmen, so viele Stellen! Der Betrag beläuft sich auf 5.389.755,48 Euro, also über fünf Millionen. Woher hat der Mann so viel Geld?", sagte Wolfgang und reichte die Unterlagen an seinen Kollegen.

Beide schauten sich an, nickten und Horst Kettler griff zum Telefon. Herr Carl-Michael Kern wurde erneut zu einer Vernehmung geholt.

Die Kommissare legten dem Verdächtigen die Unterlagen zum Bau der Kliniken in der Schweiz und in Südspanien vor. Ein süffisantes Lächeln war seine Antwort. Dann legten die Ermittler auch den Kontoauszug mit dem Millionenguthaben dazu. CM schwieg. Der Kommissar Kettler erklärte Herrn Kern, er hätte jetzt noch die Möglichkeit seine Situation deutlich zu verbessern, wenn er eine Aussage machen würde. CM schaute aus dem Fenster, ihn interessierte nicht, was der Kommissar ihm vorschlug. Daraufhin wurde er wieder in seine Zelle gebracht.

„Das wird ein harter Brocken. Aber, ich weiß, da steckt mehr dahinter. Ich werde ihn knacken! Ich wette mit dir, das ist ein ganz dicker Fisch!", er reichte seinem Kollegen die Hand.

„Worum?", kam die kurze Gegenfrage.

„Wie immer? Ein Essen", beide schlugen ein.

Das war nicht das erste Mal und sicherlich auch nicht das letzte Mal, dass die beiden Kommissare eine Wette um ein gemeinsames Essen schlossen.

Mit einem vom Richter unterschriebenen Beschluss fuhren die Ermittler zur Osnabrücker Sparkasse. Sie legten den Kontoauszug vor und ernteten lautes Gelächter.

„Also, ich kann Sie beruhigen, oder auch nicht, einen solchen Geldbetrag hat Herr Kern noch nie auf seinem Konto gehabt. Der Kontoauszug wurde gefälscht", erklärte der Filialleiter und drehte den Auszug dabei etwas gegen das Licht.

Er druckte einen echten Kontoauszug des Kunden aus und reichte dann beide Belege an den Kommissar Kettler.

„Schauen Sie, man kann ganz genau sehen, dass es sich bei dem einen Auszug um eine Fotokopie handelt. Die Zahlen wurden zusammengeklebt und eingefügt. Nicht schlecht gemacht, aber nicht gut genug! Übrigens, Herr Kern hat noch nie in seinem Leben so viel Geld besessen. Noch nie!", erklärte der Sparkassenchef.

Die beiden Ermittler machten sich auf und fuhren zurück ins Kommissariat.

„Ich sag doch, das stimmt vorne und hinten nicht. Ich werde mich jetzt mit dem Architekten in Verbindung setzten. Ich möchte nur wissen, was hat dieser Mann vor? Er beschäftigt uns jetzt schon eine Weile, aber es ist ja ehrlich gesagt, alles nur Kleinkram, von den gefälschten Pässen mal abgesehen. Verstehst du das?", fragte der Ermittler seinen Kollegen, der gerade das Auto auf dem Parkplatz vor dem Kommissariat abstellte.

„Ohne triftigen Grund wird es diesen Aufwand nicht betreiben. Da ist etwas, was wir noch nicht kennen. Aber, wir werden es finden."

Kommissar Kettler nahm sich die Akte und blätterte noch einmal alle Unterlagen durch. Die Anfrage in England, wegen der eingetragen Firma Cosmek, war noch nicht beantwortet worden. Leider dauerte das immer etwas, wenn solche Anfragen ins Ausland gingen. Dann wählte er die Nummer des Architekten, der in Hannover sein Büro hatte. Es meldete sich eine Frauenstimme. Allerdings gehörte dieser Anschluss nicht zu einem Architektenbüro, sondern es handelte sich um ein Bordell am Rande Hannovers, wie der Kommissar erfuhr. Die Adresse auf den Unterlagen passte jedoch nicht zu der Telefonnummer. Die Adresse wiederrum gehörte zu einem Hotel, welches eher in die Kategorie Stundenhotel gehörte!

„Da hat sich Herr Kern aber viel Mühe gemacht. Alle Adressen in den Unterlagen waren zwar existent, aber sie gehörten nicht zu den Rufnummern. Und es waren nie die Firmen, die man dort vorzufinden dachte. Es handelte sich entweder um einschlägige Hotels, Absteigen, Puffs oder angemeldete Bordelle. Ich werde mir jetzt mal die Internetauftritte des Herrn ansehen. Mein Kommissar Google kann oft helfen!", erklärte Herr Kettler und zog die Tastatur seines PCs etwas näher zu sich. Herr Stern spendierte einen Becher Kaffee, dann sah man nur noch gesenkte Köpfe und hörte das Klappern der Finger auf den Buchstaben.

210

Am nächsten Morgen berichtete Kommissar Kettler, der wieder einmal länger gearbeitet hatte, er wäre auf der Seite einer Akademie gelandet.

„Man kann dort, in London, bei Herrn Carl-Michael Kern den Beruf des Pharma-Cosmetologen erlernen. Es soll ein anerkannter Heilberuf sein. Ich werde gleich mal telefonieren. Das lässt sich ganz leicht feststellen. Es gibt laut Internet auch schon Menschen, die diesen Beruf ausüben! Kommissar Kettler telefonierte, das Gespräch dauerte recht lange. Sein Kollege Stern hatte keine Zeit, danebenzustehen. Er ging in sein Büro zurück. Zwischenzeitlich hatte Herr Kettler noch ein weiteres Gespräch begonnen. Nach etwa einer Stunde stand er auf und ging zu seinem Kollegen, der ihn schon erwartungsvoll betrachtet.

„Ich weiß gar nicht, wo ich anfangen soll. Das ist schon echt spannend. Ich habe mich durchfragen müssen, alle waren verunsichert, dachten ich käme vielleicht aus der Fernsehsendung mit der versteckten Kamera. Ich habe beim Staatsministerium angerufen, später noch mit dem Bildungs-Ministerium gesprochen. Man hat mich dann noch an das Gesundheits-Ministerium in Hamburg verwiesen. Dort sind alle anerkannten Heilberufe gelistet, dort hätte man es wissen müssen. Alle Gesprächsteilnehmer haben mir versichert, das sind Mitarbeiter in leitenden Positionen, es gibt keine Berufsbezeichnung des Pharma-Cosmetologen. Es ist kein Heilberuf und man kann diesen Beruf auch nirgends studieren. Nur bei dieser Akademie in

London, die einem Carl-Michael Kern gehört. Seltsam, oder?", stellte der Kommissar in den Raum.

Einen dieser angeblichen Cosmetologen kontaktierte der Kommissar. Der Gesprächspartner war völlig verwundert. Er erklärte, er hätte vor einigen Jahren diese Ausbildung absolviert. Er berichtete weiter, allerdings wäre er nicht nach London gefahren. Man hätte ihm die Studienunterlagen per Mail zugeschickt. Die Ausbildung hätte ihn umgerechnet etwa 4.000 Euro gekostet. Zum Abschluss hätte er eine Art Diplom erhalten. Der Friseur war total entsetzt, er würde seit Jahren nach dieser Methode arbeiten, er sei sehr erfolgreich und seine Kunden liebten es. Es sei ja auch ein anerkannter Heilberuf, fügte der Mann hinzu. Er ließ sich sehr schwer davon überzeugen, dass er auf einen Betrüger hereingefallen sei. Kommissar Kettler tat der Mann leid, aber es war, wie es war.

Der Kommissar besprach sich mit seinem Kollegen. Sie suchten nach etwas, was sie bei der Recherche übersehen hat.

„Also, die Geschichte mit den Kliniken. Er kann ja so viele Zettel mit Bildern, Ausrechnungen und Planungen bei sich tragen. Das ist nichts, womit wir ihn fassen können. Selbst wenn er sich damit Geld erschleichen wollte, können wir ihm das nicht nachweisen. Aber, der Banker hat ja gesagt, er hat kein Geld. Also hat er sich auch nichts erschlichen. In der Schweiz hat er keine Konten. In Spanien habe ich es noch nicht überprüft – halte es aber für ungewöhnlich. Was ist mit dieser

Kosmetik-Firma? Dort werde ich noch mal ansetzen",
erklärte Horst seinem Kollegen Wolfgang.

*„Ich habe keine Lust mehr. Ich will hier raus. Ich weiß gar nicht,
was die von mir wollen. Die finden doch nichts, egal wo und wie
die suchen! Was sollten die auch finden? Mich bekommen sie
nicht! Egal was die auch anstellen! Ich bin der clevere CMK! Ich
bin der zukünftige Millionär, Klinikchef und ich besitze eine
große Kosmetikfirma. Ich will hier raus. Die werden noch alle an
mich denken. Ich werde alle Anwälte der Welt auf sie hetzen!
Man sieht sich immer zweimal im Leben!"*

Der Kommissar nahm sich alle Unterlagen aus der
Ermittlungsmappe noch einmal vor. Er versuchte
auszuprobieren, wer sich bei der Akademie in London
melden würde. Die Ansage: „kein Anschluss unter
dieser Nummer" verwunderte ihn nicht wirklich.
Vermutlich war auch die Adresse dieser Firma in
London falsch! Sicher war der Kommissar nur, dass es
Produkte dieser Firma gab, man konnte sie im Internet
bestellen und auch der befragte Friseur hatte berichtet,

Cosmek-Produkte zu nutzen und zu verkaufen. Es blieb ihm nichts anderes übrig, als die Antwort der Behörden in London abzuwarten.

Zwischenzeitlich wollte sich Horst Kettler um die Familie Kern kümmern. Auf der Website der Firma hatte er einen Hinweis auf den Firmengründer gefunden, das war sein Ansatz. Der Vater des Verdächtigen, ein Willi Kern, hatte in Hamburg gelebt. Dort wollte er Erkundigungen einholen und schauen, ob es noch weitere Verwandte gab.

Die Nachforschungen ergaben, der Vater und auch die Mutter waren bereits verstorben. Die letzte Adresse des Vaters vor seinem Tode war der Hasenknick in Ohlstedt. Dort wollte der Kommissar sich mal umsehen und versuchen, Anwohner zu finden, die sich an die alte Familie Kern erinnerten. Am nächsten Tag wollten Horst Kettler und Wolfgang Stern gemeinsam nach Hamburg fahren.

Die Sonne schien und die beiden Kommissare freuten sich auf den Tag, den sie außerhalb des Büros verbringen durften. Die Fahrt verlief ohne Staus und Störungen. Kommissar Kettler parkte den Zivilwagen in der Straße Hasenknick direkt vor der ehemaligen Villa der Familie Kern. Das Grundstück wirkte sehr gepflegt, das Haus wurde sicherlich nach dem Kauf aufwendig renoviert. Der Kommissar klingelte. Die Villa gehörte, so stand es am Klingelknopf, einer Familie Seidel. Es dauerte nur einen kurzen Augenblick, dann öffnete sich die Haustür. Eine junge Frau kam an das Tor und

214

fragte, wie sie helfen könne. Kommissar Kettler zeigte seinen Dienstausweis und erklärte, warum sie hier wären.

„Oh, ich kann Ihnen da gar nicht helfen. Wir haben die Villa damals gekauft, über einen Makler. Den Eigentümer haben wir gar nicht zu Gesicht bekommen. Der Makler hatte uns zu einem Notar gebracht. Dort lagen Vollmachten für die Eigentumsüberschreibung vor. Das ging ganz unkompliziert, ich hatte mich gewundert. Aber der Notar sagte, es wäre üblich, der neue Eigentümer lebe im Ausland. Ich hatte erfahren, dass der ursprüngliche Eigentümer verstorben war. Mehr weiß ich leider nicht", gab die junge Frau freundlich an. Kommissar Kettler bedankte sich und sie gingen weiter durch die Straße. An der nächsten Ecke standen einige Frauen bei einem Plausch. Es sah aus, als wenn sie sich zufällig nach einem Einkauf hier über den Weg gelaufen waren. Beide Ermittler gingen auf die Frauen zu.

„Entschuldigen Sie bitte! Wir sind von der Polizei und haben eine Frage. Dürfen wir Sie kurz bei Ihrem Plausch unterbrechen?", erklärte Horst Kettler freundlich.

Die Damen unterbrachen ihre Unterhaltung und schauten erwartungsvoll auf die Kommissare. Sie trugen vor, worum es ging.

„Ich kannte die Kerns. Ist lange her. Der alte Kern ist lange tot. Die Frau hat hier zum Schluss nicht mehr gelebt. Die Eheleute hatten sich getrennt. Das weiß ich noch aus Erzählungen meiner Eltern. Aber, es gibt da noch die Frau Neubert. Die müsste Ihnen mehr erzählen können", erklärte eine der Damen.

„Wer ist denn Frau Neubert?", wollte Kommissar Stern wissen.

„Also, so wie ich das erinnere gab es in der Villa einen Sohn. Ich kann mich nicht mehr an seinen Namen erinnern. Im Haus gegenüber wohnte Familie Neubert. Und die hatten auch einen Sohn, den Ernst. Der Kernjunior und der Ernst waren ganz dicke, unzertrennlich. Haben zusammen gespielt und sind auch zusammen zur Schule gegangen. Dahinten, die Hauptstraße entlang", erklärte die Frau und hob dabei ihren rechten Arm in die Richtung der Querstraße.

„Ich weiß nur, dass Ernst damals ziemlich fertig war, weil sein bester Freund wegzog. Wissen Sie, als Frau Kern die Villa verließ, hat sie den Jungen mitgenommen. Man munkelte, der alte Kern soll seine Frau geschlagen haben. Ist ja alles schon so lange her. Bestimmt vierzig oder fünfzig Jahre!", fügte die Frau hinzu.

Der Kommissar fragte nun, wo er denn Frau Neubert finden könnte. Die redselige Frau berichtete, Familie Neubert wäre hier weggezogen. Aber, sie hätte beim Bäcker gehört, Frau Neubert würde jetzt in einem Alten- und Pflegeheim leben. In welchem, würde sich aber ihrer Kenntnis entziehen. Die beiden Kommissare bedankten sich bei den Damen und trotteten zurück zu ihrem Fahrzeug. Die beiden spürten die Blicke auf ihren Rücken und hörten das immer leiser werdende Getratsche der Frauen. Über ihr Handy informierten sich die Ermittler in der Zentrale über die momentane Meldeadresse der Frau Neubert. Schnell erhielten sie eine Antwort und fuhren direkt los. Die alte Dame war in der JCM-Stiftung für betreutes Wohnen in Sasel gemeldet. Ein Haus mit einem sehr schönen Ambiente, bemerkte Kommissar Stern, als sie den Wagen vor der Residenz abstellten. Am Empfang erkundigten sich die Ermittler und man begleitete sie auf dem Weg zu Frau Neubert. Die war hocherfreut Besuch von zwei so freundlichen Herren zu bekommen.

„Es tut uns leid, dass wir Sie stören. Wir möchten uns gerne mit Ihnen unterhalten. Über die Zeit, in der Sie noch am Hasenknick wohnten. Wir sind auf der Suche nach Menschen, die sich noch an die Familie Kern erinnern, die wohnten doch genau gegenüber!", erklärte Kommissar Kettler der Dame.

Sie schien noch voll bei Verstand zu sein, welch glückliche Fügung! Sie erinnerte sich natürlich sofort und begann von alten Zeiten zu reden. Plötzlich wurde sie still.

„Gab es da etwas, was Sie uns erzählen möchten?", hakte der Kommissar nach.

Frau Neubert berichtete, dass ihr Sohn Ernst leider vor vielen Jahren verstorben wäre. Und die Erinnerungen an die Villa würden das jetzt alles wieder hochholen. Kommissar Stern erklärte, dass ihnen das natürlich sehr Leid täte.

„Mögen Sie uns erzählen, was damals passierte?"

„Das ist eine lange Geschichte. Mein Bub war auf einer Reise. Ich erinnere mich noch genau. Er hatte ganz lange gespart, es war eine Schiffsreise. Er wollte mit einem Linienschiff eine Reise in die nordischen Staaten machen. So genau weiß ich die Länder nicht mehr. Jedenfalls kam es auf dem Schiff zu einem tragischen Unfall. Mein Junge soll über die Reling gefallen sein. Es hatte niemand gesehen, daher hatte natürlich auch niemand nach ihm gesucht. Erst am nächsten Morgen, zum Frühstück, wurde Ernst vermisst. Man hat seine Leiche nie gefunden, er ist im Meer geblieben", erklärt Frau Neubert und wischt sich einige Tränen mit einem weißen Taschentuch aus dem Gesicht.

„Hatten Sie in den letzten Jahren Kontakt zu dem Sohn der Familie Kern, zu Carl-Michael Kern?", will der Kommissar nun wissen.

Frau Neubert berichtet von dem, den Kommissaren bereits bekanntem Wegzug der Mutter und dem Sohn. Sie erklärte, der kleine Carli wäre danach nie wieder in der Villa gewesen.

„Wenn Sie möchten, ich habe noch Bilder von den Kerns. Soll ich die holen?", fragte die alte Dame bereitwillig.

Die Kommissare stimmen zu und schauen dann gespannt auf den Inhalt eines alten Schuhkartons. Frau Neubert blätterte in den teilweise schon vergilbten Fotos und ab und zu fiel ein Lächeln auf ihr Gesicht.

Dann reichte sie den Kommissaren unsortiert einige Bilder.

„Das sind Carli und mein Ernst. Hier, die beiden waren unzertrennlich!", schwärmt die alte Frau.

Kommissar Kettler schaut zu seinem Kollegen, der dann die alte Frau fragt, wer denn der Ernst sei, von den beiden Jungs auf dem Foto.

„Wenn sich hier nicht bald etwas tut, drehe ich ab. Ich kann gar nicht verstehen, warum ich hier immer noch in Haft bin. Dürfen die denn so lange einen Bürger der baltischen Staaten einbuchten? Ich bin unschuldig, das wird noch ein Nachspiel haben. Die können sich schon mal warm anziehen. Ich will meine Kliniken eröffnen, nicht hier versauern. Und meine Kunden brauchen Ware. Ich wollte mich doch zu Hause darum kümmern. Ich will hier raus! So schnell wie möglich!"

Markus Sulzbach und Hans Hermann haben lange und ausführlich telefoniert. Auch sie haben natürlich von der Verhaftung des angeblichen Diplomaten des Freistaates Preußen erfahren. Die Information stand ja nicht nur in der Presse, sondern auch im Internet. Und man hörte nichts mehr von Herr Kern. Er war wie vom Erdboden verschluckt. Man spekulierte, ob er eventuell noch in Haft wäre, oder aber klammheimlich zurück nach Litauen gefahren wäre. Martin Richard in Osnabrück hatte zu seinem Kollegen Hans Hermann Kontakt aufgenommen. Auch er wunderte sich. Nicht einmal seine angebliche Sekretärin in den neuen Bundesländern wusste Näheres. Die Pläne zum Bau der Klink in der Schweiz würden wohl, da waren sich die Betroffenen einig, nicht mehr ausgeführt werden. Für Martin war das nicht der Untergang. Nur für Markus Sulzbach, der hatte seinen Job gekündigt und schon mit den entsprechenden Stellen Kontakt aufgenommen. Immerhin sollte er sich dafür einsetzten, eine neue Aktiengesellschaft zu gründen. Herr Kern hatte ihm einen Kontoauszug per E-Mail geschickt, jetzt aller- dings bezweifelte auch Markus die Existenz des Geldes. Ludmilla in Vilnius war von offizieller Stelle über die Verhaftung ihres Lebensabschnittsgefährten informiert worden. Ihr Vater fiel aus allen Wolken. Seine Ent- scheidung stand fest, Carl-Michael Kern würde hier keinen Fuß wieder über die Schwelle setzen dürfen. Auch Ludmilla war seiner Meinung, auf einen solchen Ausländer konnten sie gut verzichten!

Die beiden Kommissare hatten sich die Bilder von Frau Neubert ausgeliehen. Sie saßen an ihren Schreibtischen und betrachteten wortlos die Fotos. Eine ganze Zeit.

„Vielleicht sollten wir Herr Kern einmal dazu befragen. Oder, was meinst du?", wollte Herr Stern wissen.

Kommissar Kettler sagte, er würde sich vorher noch gerne die Akte zu dem damaligen Unfall auf dem Linienschiff anfordern. Der Tag des Todes war ja bekannt, so sollte sich etwas finden lassen.

Bereits am nächsten Vormittag lagen die Informationen auf dem Schreibtisch des Ermittlers. Der Bericht bestätigte die Aussagen der Frau Neubert. Ernst Neubert hatte sich vermutlich am Abend auf dem Deck des Schiffes aufgehalten. Nach dem Bericht soll Windstärke 7 geherrscht haben. Vermutlich hatte der Mann dann das Gleichgewicht verloren und sei über Bord gefallen. Es wurden keinerlei Spuren gefunden. Man konnte noch nicht einmal sagen, wo er genau über Bord gefallen war. Niemand hatte das Unglück gesehen.

„Ich habe da wieder so ein Kribbeln im Bauch! Du kennst das ja!", erklärte Kommissar Kettler und betrachtete das Bild der beiden kleinen Jungs im Garten der Familie Kern.

Carl-Michael Kern wurde dazu befragt. Er berichtete von seinem Jungendfreund Ernst und auch, dass er ihn nach dem Wegzug nie wieder gesehen habe. Mehr wusste Herr Kern nicht oder wollte er nicht sagen.

Die Ermittler aber gaben sich damit nicht zufrieden. Am nächsten Tag fuhren sie erneut nach Hamburg und statteten der alten Frau Neubert einen Besuch ab. In ihrem Gepäck hatten sie ein Foto des verhafteten Carl-Michael Kern.

Zunächst einmal war Frau Neubert hocherfreut die beiden Ermittler so schnell wiederzusehen.

„Was kann ich denn für Sie tun?", wollte die alte Dame wissen.

Kommissar Stern legte die freundlicherweise von ihr überlassenen Bilder auf den Tisch und bedankte sich dafür, dass man sie ihnen überlassen hatte. Die Kommissare hatten sich Kopien davon angefertigt.

„Frau Neubert, bitte schauen Sie sich dieses Foto einmal an", erklärte Kommissar Stern und reichte der Dame eine Fotografie.

Frau Neubert fingerte ihre Lesebrille aus einem Etui heraus und setzte sie auf die Nase. Dann schaute sie lange und schweigend auf das Foto.

„Woher haben Sie dieses Foto?", fragte sie, ohne den Blick davon zu lösen.

Der Kommissar erklärte, es handele sich um den Verdächtigen, gegen den sie ermitteln würden. Frau Neubert setzt die Brille ab, hielt sie jedoch festumschlossen in der Hand.

„Ich hätte zuerst gedacht, dass der Mann auf dem Foto mein Junge ist! Er sieht aus wie Ernst!"

„Frau Neubert, ich möchte ganz ehrlich mit Ihnen sein. Ich hatte auch schon dieses Gefühl. Ich möchte Sie nicht beunruhigen und ich möchte nicht, dass Sie sich aufregen. Wären Sie damit einverstanden, dass wir einen Gentest machen? Wir möchten ausschließen, dass es sich hier um ihren Sohn Ernst handelt. Sie sind dann auch beruhigt und auch wir können die Untersuchungen abschließen."

Frau Neubert sah, die Brille noch immer in der Hand, zum Kommissar hoch und nickte.

„Dann dürfen wir etwas Speichel aus ihrem Mund entnehmen für den Test? Das ist ein steriles Röhrchen, ich streiche nur mit diesem Teil hier einmal in ihren Mund. Das ist alles", erklärte Kommissar Kettler, der den Gentest aus seiner Jacke gezogen hatte.

Frau Neubert öffnete den Mund, ohne etwas zu sagen! Eine Träne lief über ihre Wange.

Einen Tag später lag das Ergebnis auf dem Schreibtisch der Ermittler. Kommissar Horst Kettler und sein Kollege Wolfgang Stern ließen den verdächtigen Carl-Michael Kern aus der Zelle zum Verhör holen. Er war, wie immer, total aggressiv und wollte unbedingt sofort nach Hause. Die beiden Kommissare erwiderten seine Tiraden nicht. Jeder dachte, der wird noch still, von ganz alleine. Horst Kettler begann die Befragung genau um 10:38 Uhr. Das digitale Aufzeichnungsgerät stand zwischen ihnen auf dem Tisch.

„Wir möchten Sie heute zu Ihrem Freund Ernst befragen. Was uns interessiert ist, wann haben Sie Ernst Neubert zum letzten Mal gesehen?"

Herr Kern erschrak. Sein Gesicht wurde blass, der Mund war leicht geöffnet. Dann hatte er sich wieder in der Gewalt und erklärte, er könne sich nicht mehr daran erinnern, es wäre Ewigkeiten her. Er wäre noch ein kleiner Junge gewesen. Die Kommissare fragten abwechselnd immer wieder, wo er nach dem Wegzug mit seiner Mutter gewohnt hätte. Und ob sie damals in Hannover nicht eventuell noch Kontakt zu Ernst in Hamburg gepflegt hätten.

„Kann es nicht sein Herr Kern, dass Sie sich mit Ihrem Freund Ernst getroffen haben? Jahre später? Haben Sie nicht eine Reise zusammen unternommen? Waren Sie nicht zusammen auf einem Linienschiff im Nordmeer?"

Jetzt klatschten die Fragen auf Herrn Kern nieder. Er schaute völlig ungläubig und war sichtlich irritiert.

„Herr Kern, oder besser Herr Neubert, wir wissen, wer Sie sind! Sie haben auf dem Deck des Schiffes Ihren langjährigen Freund Carl-Michael über Bord geworfen. Es hat niemand gesehen, deshalb wurde seine Leiche auch nie gefunden. Dann haben Sie seine Dokumente an sich genommen und sind in sein Leben und in seine Rolle geschlüpft. Niemand auf dem Schiff wusste, dass Sie zusammen gehörten. Daher ist es auch niemanden aufgefallen, dass Sie plötzlich Carl-Michael waren und nicht wie beim Start der Reise Ernst! Ihre Mutter lebt noch und daher konnten wir mit absoluter Sicherheit anhand eines Gentestes nachweisen, dass Sie Ernst Neubert sind. Sie haben den Kontakt zu Willi Kern nicht wieder aufgenommen, nachdem sich die Eheleute getrennt hatten. Niemand hat es bemerkt, niemand kannte sie. Als sie erfuhren, dass Willi Kern gestorben war, sind Sie als sein Sohn zur Beerdigung gefahren und haben den Verkauf der Villa eingeleitet. Der Notar hat es nicht weiter überprüft, warum auch? Danach haben Sie die Unterlagen der Firma übernommen und die Räume gekündigt. Sie haben sich falsche Dokumente beschafft. Es war leicht, denn in Litauen bekommt man für etwas Geld alles, was man möchte! Sie erwarben einen Reisepass, sie kauften sich Ihre Diplomatenausweise und einen Führerschein. Auch der Ausweis mit ihrer Approbation war gefälscht. Sie haben nie ein Studium absolviert, sie haben nie eine Ausbildung zum Arzt gemacht. Sie wollten Kliniken bauen, wovon denn? Sie besitzen gar kein Geld! Nur eine Firma existiert noch, die Cosmek. Die Produkte, das haben Untersuchungen ergeben, sind teilweise verstrahlt und belastet. Die Ermittlungen haben ergeben, Sie lassen die Produkte in einer alten Farbenfabrik herstellen. Ihre Kunden wurden doppelt und dreifach betrogen! Sie wissen gar nicht, was Sie da gemacht haben! Ihre Universität in London, alles erlogen und erfunden. Die Adressen im Internet sind alle falsch, die

Telefonnummer, unter denen man den Geschäftsmann erreichen soll, gibt es nicht! Sie sind ein Betrüger und ein Hochstapler. Ihre arme Mutter!"

Kommissar Horst Kettler saß an seinem Schreibtisch und fügte die letzten Infos in die Akte des CM Kern - Neubert ein. Jetzt läge die Zukunft des Betrügers in den Händen der Justiz. Ein Richter würde sich zu gegebener Zeit um die Verurteilung des Ernst Neubert kümmern.

Der nächste Besuch der beiden Kommissare führte sie noch einmal nach Hamburg. Sie informierten die alte Frau Neubert über den Ausgang der Ermittlungen und erklärten ihr, dass ihr Sohn noch am Leben war. Er saß im Gefängnis!

ENDE

Liebe Leserin!
Lieber Leser!

Ich möchte Ihnen berichten, was mich dazu gebracht hat, gerade dieses Buch zu schreiben.

Während meiner Ausbildung zur Heilpraktikerin beschäftigte ich mich mit verschiedenen Heilmethoden, die heute und auch früher zur Anwendung gebracht werden.
Das Internet bietet eine Plattform, mit unendlichen Möglichkeiten.
Ob Homöopathie, Hypnose, Akkupunktur, Schröpfen oder Reiki-Behandlung, jede Menge Infomaterial ist abrufbar.

Dabei stieß ich auf eine Information, wie und wo man sich zum Pharma-Cosmetologen ausbilden lassen kann. Das machte mich neugierig. Ich suchte im Netz nach weiteren Infos über die Möglichkeit der Ausbildung. Leider ohne Erfolg. Ich nahm mit einigen Universitäten Kontakt auf, aber keiner konnte mir Informationen geben und keiner konnte mir meine Fragen beantworten.
Ich erhielt den Tipp, mich an das zuständige Ministerium zu wenden.

Ich telefonierte daraufhin mit

*Bildungs-Ministerium in Hannover
*Staats-Ministerium in Hannover
*Gesundheits-Ministerium in Hamburg
*Gesundheits-Ministerium in Hamburg

Hier erhielt ich die Antworten auf meine Fragen.
Es gibt keine Berufsausbildung zum Pharma-
Cosmetologen.
Der Beruf ist auf keinen Fall ein anerkannter Heilberuf.
Man kann den Beruf nicht erlernen und daher auch
nicht ausüben.

Ich möchte mich an dieser Stelle herzlich bei den
Ministerien bedanken; sie haben mir die Ansätze und
die Idee zu diesem Buch gegeben!

Besonderen Dank an Herrn B. in Hannover für das
aufschlussreiche Gespräch und die Zeit!

Herzlichst
Susanne Hottendorff

Die Autorin Susanne Hottendorff ist in Hamburg geboren. Nach ihrer Ausbildung zur Bankkauffrau arbeitete sie 30 Jahre lang als Kundenberaterin bei der Hamburger Sparkasse. Im Jahr 2000 zogen sie und ihr Mann nach Südspanien, an die Atlantikküste Andalusiens. Hier begann Susanne Hottendorff mit dem Schreiben. Zuerst waren es Artikel in deutschsprachigen Magazinen, dann folgte ihr erstes Buch. Seither sind zahlreiche Krimis, Kurzgeschichten und Fachbücher erschienen.

Zwischenzeitlich absolvierte die Autorin mehrere Ausbildungen zur Fachkosmetikerin, Heilpraktikerin, Psychologischen Beraterin und zur Entspannungspädagogin. Sie ist Reiki-Meisterin und hat sich mit dem Schamanismus beschäftigt.

Heute arbeitet sie in einer eigenen Praxis als Entspannungspädagogin, als Psychologische Beraterin und Gesundheitsberaterin.

Weitere Infos auch auf den Websites:

www.beratungspraxis-kleeblatt.de
www.susanne-hottendorff.com
www.ich-will-gesundheit.de